Jean

La Bible

Jean 1

1. Au commencement était la Parole, et la Parole était avec Dieu, et la Parole était Dieu.

2. Elle était au commencement avec Dieu.

3. Toutes choses ont été faites par elle, et rien de ce qui a été fait n'a été fait sans elle.

4. En elle était la vie, et la vie était la lumière des hommes.

5. La lumière luit dans les ténèbres, et les ténèbres ne l'ont point reçue.

6. Il y eut un homme envoyé de Dieu : son nom était Jean.

7. Il vint pour servir de témoin, pour rendre témoignage à la lumière, afin que tous crussent par lui.

8. Il n'était pas la lumière, mais il parut pour rendre témoignage à la lumière.

9. Cette lumière était la véritable lumière, qui, en venant dans le monde, éclaire tout homme.

10. Elle était dans le monde, et le monde a été fait par elle, et le monde ne l'a point connue.

11. Elle est venue chez les siens, et les siens ne l'ont point reçue.

12. Mais à tous ceux qui l'ont reçue, à ceux qui croient en son nom, elle a donné le pouvoir de devenir enfants de Dieu, lesquels sont nés,

13. non du sang, ni de la volonté de la chair, ni de la volonté de l'homme, mais de Dieu.

14. Et la parole a été faite chair, et elle a habité parmi nous, pleine de grâce et de vérité ; et nous avons contemplé sa gloire, une gloire comme la gloire du Fils unique venu du Père.

15. Jean lui a rendu témoignage, et s'est écrié : C'est celui dont j'ai dit : Celui qui vient après moi m'a précédé, car il était avant moi.
16. Et nous avons tous reçu de sa plénitude, et grâce pour grâce ;
17. car la loi a été donnée par Moïse, la grâce et la vérité sont venues par Jésus Christ.
18. Personne n'a jamais vu Dieu ; le Fils unique, qui est dans le sein du Père, est celui qui l'a fait connaître.
19. Voici le témoignage de Jean, lorsque les Juifs envoyèrent de Jérusalem des sacrificateurs et des Lévites, pour lui demander : Toi, qui es-tu ?
20. Il déclara, et ne le nia point, il déclara qu'il n'était pas le Christ.
21. Et ils lui demandèrent : Quoi donc ? es-tu Élie ? Et il dit : Je ne le suis point. Es-tu le prophète ? Et il répondit : Non.
22. Ils lui dirent alors : Qui es-tu ? afin que nous donnions une réponse à ceux qui nous ont envoyés. Que dis-tu de toi-même ?
23. Moi, dit-il, je suis la voix de celui qui crie dans le désert : Aplanissez le chemin du Seigneur, comme a dit Ésaïe, le prophète.
24. Ceux qui avaient été envoyés étaient des pharisiens.
25. Ils lui firent encore cette question : Pourquoi donc baptises-tu, si tu n'es pas le Christ, ni Élie, ni le prophète ?
26. Jean leur répondit : Moi, je baptise d'eau, mais au milieu de vous il y a quelqu'un que vous ne connaissez pas, qui vient après moi ;

27. je ne suis pas digne de délier la courroie de ses souliers.
28. Ces choses se passèrent à Béthanie, au delà du Jourdain, où Jean baptisait.
29. Le lendemain, il vit Jésus venant à lui, et il dit : Voici l'Agneau de Dieu, qui ôte le péché du monde.
30. C'est celui dont j'ai dit : Après moi vient un homme qui m'a précédé, car il était avant moi.
31. Je ne le connaissais pas, mais c'est afin qu'il fût manifesté à Israël que je suis venu baptiser d'eau.
32. Jean rendit ce témoignage : J'ai vu l'Esprit descendre du ciel comme une colombe et s'arrêter sur lui.
33. Je ne le connaissais pas, mais celui qui m'a envoyé baptiser d'eau, celui-là m'a dit : Celui sur qui tu verras l'Esprit descendre et s'arrêter,

c'est celui qui baptise du Saint Esprit.

34. Et j'ai vu, et j'ai rendu témoignage qu'il est le Fils de Dieu.

35. Le lendemain, Jean était encore là, avec deux de ses disciples ;

36. et, ayant regardé Jésus qui passait, il dit : Voilà l'Agneau de Dieu.

37. Les deux disciples l'entendirent prononcer ces paroles, et ils suivirent Jésus.

38. Jésus se retourna, et voyant qu'ils le suivaient, il leur dit : Que cherchez-vous ? Ils lui répondirent : Rabbi (ce qui signifie Maître), où demeures-tu ?

39. Venez, leur dit-il, et voyez. Ils allèrent, et ils virent où il demeurait ; et ils restèrent auprès de lui ce jour-là. C'était environ la dixième heure.

40. André, frère de Simon Pierre, était l'un des deux qui avaient entendu les paroles de Jean, et qui avaient suivi Jésus.

41. Ce fut lui qui rencontra le premier son frère Simon, et il lui dit : Nous avons trouvé le Messie (ce qui signifie Christ).

42. Et il le conduisit vers Jésus. Jésus, l'ayant regardé, dit : Tu es Simon, fils de Jonas ; tu seras appelé Céphas (ce qui signifie Pierre).

43. Le lendemain, Jésus voulut se rendre en Galilée, et il rencontra Philippe. Il lui dit : Suis-moi.

44. Philippe était de Bethsaïda, de la ville d'André et de Pierre.

45. Philippe rencontra Nathanaël, et lui dit : Nous avons trouvé celui de qui Moïse a écrit dans la loi et dont les prophètes ont parlé, Jésus de Nazareth, fils de Joseph.

46. Nathanaël lui dit : Peut-il venir de Nazareth quelque chose de bon ? Philippe lui répondit : Viens, et vois.

47. Jésus, voyant venir à lui Nathanaël, dit de lui : Voici vraiment un Israélite, dans lequel il n'y a point de fraude.

48. D'où me connais-tu ? lui dit Nathanaël. Jésus lui répondit : Avant que Philippe t'appelât, quand tu étais sous le figuier, je t'ai vu.

49. Nathanaël répondit et lui dit : Rabbi, tu es le Fils de Dieu, tu es le roi d'Israël.

50. Jésus lui répondit : Parce que je t'ai dit que je t'ai vu sous le figuier, tu crois ; tu verras de plus grandes choses que celles-ci.

51. Et il lui dit : En vérité, en vérité, vous verrez désormais le ciel

ouvert et les anges de Dieu monter et descendre sur le Fils de l'homme.

Jean 2

1. Trois jours après, il y eut des noces à Cana en Galilée. La mère de Jésus était là,
2. et Jésus fut aussi invité aux noces avec ses disciples.
3. Le vin ayant manqué, la mère de Jésus lui dit : Ils n'ont plus de vin.
4. Jésus lui répondit : Femme, qu'y a-t-il entre moi et toi ? Mon heure n'est pas encore venue.
5. Sa mère dit aux serviteurs : Faites ce qu'il vous dira.
6. Or, il y avait là six vases de pierre, destinés aux purifications des Juifs, et contenant chacun deux ou trois mesures.
7. Jésus leur dit : Remplissez d'eau ces vases. Et ils les remplirent jusqu'au bord.
8. Puisez maintenant, leur dit-il, et portez-en à l'ordonnateur du repas. Et ils en portèrent.
9. Quand l'ordonnateur du repas eut goûté l'eau changée en vin, -ne sachant d'où venait ce vin, tandis que les serviteurs, qui avaient puisé l'eau, le savaient bien, -il appela l'époux,
10. et lui dit : Tout homme sert d'abord le bon vin, puis le moins bon après qu'on s'est enivré ; toi, tu as gardé le bon vin jusqu'à présent.
11. Tel fut, à Cana en Galilée, le premier des miracles que fit Jésus. Il manifesta sa gloire, et ses disciples crurent en lui.
12. Après cela, il descendit à Capernaüm, avec sa mère, ses frères et ses disciples, et ils n'y demeurèrent que peu de jours.
13. La Pâque des Juifs était proche, et Jésus monta à Jérusalem.
14. Il trouva dans le temple les vendeurs de boeufs, de brebis et de pigeons, et les changeurs assis.

15. Ayant fait un fouet avec des cordes, il les chassa tous du temple, ainsi que les brebis et les boeufs ; il dispersa la monnaie des changeurs, et renversa les tables ;

16. et il dit aux vendeurs de pigeons : Otez cela d'ici, ne faites pas de la maison de mon Père une maison de trafic.

17. Ses disciples se souvinrent qu'il est écrit : Le zèle de ta maison me dévore.

18. Les Juifs, prenant la parole, lui dirent : Quel miracle nous montres-tu, pour agir de la sorte ?

19. Jésus leur répondit : Détruisez ce temple, et en trois jours je le relèverai.

20. Les Juifs dirent : Il a fallu quarante-six ans pour bâtir ce temple, et toi, en trois jours tu le relèveras !

21. Mais il parlait du temple de son corps.

22. C'est pourquoi, lorsqu'il fut ressuscité des morts, ses disciples se souvinrent qu'il avait dit cela, et ils crurent à l'Écriture et à la parole que Jésus avait dite.

23. Pendant que Jésus était à Jérusalem, à la fête de Pâque, plusieurs crurent en son nom, voyant les miracles qu'il faisait.

24. Mais Jésus ne se fiait point à eux, parce qu'il les connaissait tous,

25. et parce qu'il n'avait pas besoin qu'on lui rendît témoignage d'aucun homme ; car il savait lui-même ce qui était dans l'homme.

Jean 3

1. Mais il y eut un homme d'entre les pharisiens, nommé Nicodème, un chef des Juifs,

2. qui vint, lui, auprès de Jésus, de nuit, et lui dit : Rabbi, nous savons que tu es un docteur venu de Dieu ; car personne ne peut faire ces miracles que tu fais, si Dieu n'est avec lui.

3. Jésus lui répondit : En vérité, en vérité, je te le dis, si un homme ne naît de nouveau, il ne peut voir le royaume de Dieu.

4. Nicodème lui dit : Comment un homme peut-il naître quand il est vieux ? Peut-il rentrer dans le sein de sa mère et naître ?

5. Jésus répondit : En vérité, en vérité, je te le dis, si un homme ne naît d'eau et d'Esprit, il ne peut entrer dans le royaume de Dieu.

6. Ce qui est né de la chair est chair, et ce qui est né de l'Esprit est Esprit.

7. Ne t'étonne pas que je t'aie dit : Il faut que vous naissiez de nouveau.

8. Le vent souffle où il veut, et tu en entends le bruit ; mais tu ne sais d'où il vient, ni où il va. Il en est ainsi de tout homme qui est né de l'Esprit.

9. Nicodème lui dit : Comment cela peut-il se faire ?

10. Jésus lui répondit : Tu es le docteur d'Israël, et tu ne sais pas ces choses !

11. En vérité, en vérité, je te le dis, nous disons ce que nous savons, et nous rendons témoignage de ce que nous avons vu ; et vous ne recevez pas notre témoignage.

12. Si vous ne croyez pas quand je vous ai parlé des choses terrestres,

comment croirez-vous quand je vous parlerai des choses célestes ?

13. Personne n'est monté au ciel, si ce n'est celui qui est descendu du ciel, le Fils de l'homme qui est dans le ciel.

14. Et comme Moïse éleva le serpent dans le désert, il faut de même que le Fils de l'homme soit élevé,

15. afin que quiconque croit en lui ait la vie éternelle.

16. Car Dieu a tant aimé le monde qu'il a donné son Fils unique, afin que quiconque croit en lui ne périsse point, mais qu'il ait la vie éternelle.

17. Dieu, en effet, n'a pas envoyé son Fils dans le monde pour qu'il juge le monde, mais pour que le monde soit sauvé par lui.

18. Celui qui croit en lui n'est point jugé ; mais celui qui ne croit pas est déjà jugé, parce qu'il n'a pas cru au nom du Fils unique de Dieu.

19. Et ce jugement c'est que, la lumière étant venue dans le monde, les hommes ont préféré les ténèbres à la lumière, parce que leurs oeuvres étaient mauvaises.

20. Car quiconque fait le mal hait la lumière, et ne vient point à la lumière, de peur que ses oeuvres ne soient dévoilées ;

21. mais celui qui agit selon la vérité vient à la lumière, afin que ses oeuvres soient manifestées, parce qu'elles sont faites en Dieu.

22. Après cela, Jésus, accompagné de ses disciples, se rendit dans la terre de Judée ; et là il demeurait avec eux, et il baptisait.

23. Jean aussi baptisait à Énon, près de Salim, parce qu'il y avait là beaucoup d'eau ; et on y venait pour être baptisé.

24. Car Jean n'avait pas encore été mis en prison.

25. Or, il s'éleva de la part des disciples de Jean une dispute avec un Juif touchant la purification.

26. Ils vinrent trouver Jean, et lui dirent : Rabbi, celui qui était avec toi au delà du Jourdain, et à qui tu as rendu témoignage, voici, il baptise, et tous vont à lui.

27. Jean répondit : Un homme ne peut recevoir que ce qui lui a été donné du ciel.

28. Vous-mêmes m'êtes témoins que j'ai dit : Je ne suis pas le Christ, mais j'ai été envoyé devant lui.

29. Celui à qui appartient l'épouse, c'est l'époux ; mais l'ami de

l'époux, qui se tient là et qui l'entend, éprouve une grande joie à cause de la voix de l'époux : aussi cette joie, qui est la mienne, est parfaite.

30. Il faut qu'il croisse, et que je diminue.

31. Celui qui vient d'en haut est au-dessus de tous ; celui qui est de la terre est de la terre, et il parle comme étant de la terre. Celui qui vient du ciel est au-dessus de tous,

32. il rend témoignage de ce qu'il a vu et entendu, et personne ne reçoit son témoignage.

33. Celui qui a reçu son témoignage a certifié que Dieu est vrai ;

34. car celui que Dieu a envoyé dit les paroles de Dieu, parce que Dieu ne lui donne pas l'Esprit avec mesure.

35. Le Père aime le Fils, et il a remis toutes choses entre ses mains.

36. Celui qui croit au Fils a la vie éternelle ; celui qui ne croit pas au Fils ne verra point la vie, mais la colère de Dieu demeure sur lui.

Jean 4

1. Le Seigneur sut que les pharisiens avaient appris qu'il faisait et baptisait plus de disciples que Jean.

2. Toutefois Jésus ne baptisait pas lui-même, mais c'étaient ses disciples.

3. Alors il quitta la Judée, et retourna en Galilée.

4. Comme il fallait qu'il passât par la Samarie,

5. il arriva dans une ville de Samarie, nommée Sychar, près du champ que Jacob avait donné à Joseph, son fils.

6. Là se trouvait le puits de Jacob. Jésus, fatigué du voyage, était assis au bord du puits. C'était environ la sixième heure.

7. Une femme de Samarie vint puiser de l'eau. Jésus lui dit : Donne-moi à boire.

8. Car ses disciples étaient allés à la ville pour acheter des vivres.

9. La femme samaritaine lui dit : Comment toi, qui es Juif, me demandes-tu à boire, à moi qui suis une femme samaritaine ? -Les Juifs, en effet, n'ont pas de relations avec les Samaritains. -

10. Jésus lui répondit : Si tu connaissais le don de Dieu et qui est celui qui te dit : Donne-moi à boire ! tu lui aurais toi-même demandé à boire, et il t'aurait donné de l'eau vive.

11. Seigneur, lui dit la femme, tu n'as rien pour puiser, et le puits est profond ; d'où aurais-tu donc cette eau vive ?

12. Es-tu plus grand que notre père Jacob, qui nous a donné ce puits, et qui en a bu lui-même, ainsi que ses fils et ses troupeaux ?

13. Jésus lui répondit : Quiconque boit de cette eau aura encore soif ;

14. mais celui qui boira de l'eau que je lui donnerai n'aura jamais

soif, et l'eau que je lui donnerai deviendra en lui une source d'eau qui jaillira jusque dans la vie éternelle.

15. La femme lui dit : Seigneur, donne-moi cette eau, afin que je n'aie plus soif, et que je ne vienne plus puiser ici.

16. Va, lui dit Jésus, appelle ton mari, et viens ici.

17. La femme répondit : Je n'ai point de mari. Jésus lui dit : Tu as eu raison de dire : Je n'ai point de mari.

18. Car tu as eu cinq maris, et celui que tu as maintenant n'est pas ton mari. En cela tu as dit vrai.

19. Seigneur, lui dit la femme, je vois que tu es prophète.

20. Nos pères ont adoré sur cette montagne ; et vous dites, vous, que le lieu où il faut adorer est à Jérusalem.

21. Femme, lui dit Jésus, crois-moi, l'heure vient où ce ne sera ni sur cette montagne ni à Jérusalem que vous adorerez le Père.

22. Vous adorez ce que vous ne connaissez pas ; nous, nous adorons ce que nous connaissons, car le salut vient des Juifs.

23. Mais l'heure vient, et elle est déjà venue, où les vrais adorateurs adoreront le Père en esprit et en vérité ; car ce sont là les adorateurs que le Père demande.

24. Dieu est Esprit, et il faut que ceux qui l'adorent l'adorent en esprit et en vérité.

25. La femme lui dit : Je sais que le Messie doit venir (celui qu'on appelle Christ) ; quand il sera venu, il nous annoncera toutes choses.

26. Jésus lui dit : Je le suis, moi qui te parle.

27. Là-dessus arrivèrent ses disciples, qui furent étonnés de ce qu'il parlait avec une femme. Toutefois aucun ne dit : Que demandes-tu ? ou : De quoi parles-tu avec elle ?

28. Alors la femme, ayant laissé sa cruche, s'en alla dans la ville, et dit aux gens :

29. Venez voir un homme qui m'a dit tout ce que j'ai fait ; ne serait-ce point le Christ ?

30. Ils sortirent de la ville, et ils vinrent vers lui.

31. Pendant ce temps, les disciples le pressaient de manger, disant : Rabbi, mange.

32. Mais il leur dit : J'ai à manger une nourriture que vous ne

connaissez pas.

33. Les disciples se disaient donc les uns aux autres : Quelqu'un lui aurait-il apporté à manger ?

34. Jésus leur dit : Ma nourriture est de faire la volonté de celui qui m'a envoyé, et d'accomplir son oeuvre.

35. Ne dites-vous pas qu'il y a encore quatre mois jusqu'à la moisson ? Voici, je vous le dis, levez les yeux, et regardez les champs qui déjà blanchissent pour la moisson.

36. Celui qui moissonne reçoit un salaire, et amasse des fruits pour la vie éternelle, afin que celui qui sème et celui qui moissonne se réjouissent ensemble.

37. Car en ceci ce qu'on dit est vrai : Autre est celui qui sème, et autre celui qui moissonne.

38. Je vous ai envoyés moissonner ce que vous n'avez pas travaillé ; d'autres ont travaillé, et vous êtes entrés dans leur travail.

39. Plusieurs Samaritains de cette ville crurent en Jésus à cause de cette déclaration formelle de la femme : Il m'a dit tout ce que j'ai fait.

40. Aussi, quand les Samaritains vinrent le trouver, ils le prièrent de rester auprès d'eux. Et il resta là deux jours.

41. Un beaucoup plus grand nombre crurent à cause de sa parole ;

42. et ils disaient à la femme : Ce n'est plus à cause de ce que tu as dit que nous croyons ; car nous l'avons entendu nous-mêmes, et nous savons qu'il est vraiment le Sauveur du monde.

43. Après ces deux jours, Jésus partit de là, pour se rendre en Galilée ;

44. car il avait déclaré lui-même qu'un prophète n'est pas honoré dans sa propre patrie.

45. Lorsqu'il arriva en Galilée, il fut bien reçu des Galiléens, qui avaient vu tout ce qu'il avait fait à Jérusalem pendant la fête ; car eux aussi étaient allés à la fête.

46. Il retourna donc à Cana en Galilée, où il avait changé l'eau en vin. Il y avait à Capernaüm un officier du roi, dont le fils était malade.

47. Ayant appris que Jésus était venu de Judée en Galilée, il alla vers lui, et le pria de descendre et de guérir son fils, qui était près de mourir.

48. Jésus lui dit : Si vous ne voyez des miracles et des prodiges, vous ne croyez point.

49. L'officier du roi lui dit : Seigneur, descends avant que mon enfant meure.

50. Va, lui dit Jésus, ton fils vit. Et cet homme crut à la parole que Jésus lui avait dite, et il s'en alla.

51. Comme déjà il descendait, ses serviteurs venant à sa rencontre, lui apportèrent cette nouvelle : Ton enfant vit.

52. Il leur demanda à quelle heure il s'était trouvé mieux ; et ils lui dirent : Hier, à la septième heure, la fièvre l'a quitté.

53. Le père reconnut que c'était à cette heure-là que Jésus lui avait dit : Ton fils vit. Et il crut, lui et toute sa maison.

54. Jésus fit encore ce second miracle lorsqu'il fut venu de Judée en Galilée.

Jean 5

1. Après cela, il y eut une fête des Juifs, et Jésus monta à Jérusalem.

2. Or, à Jérusalem, près de la porte des brebis, il y a une piscine qui s'appelle en hébreu Béthesda, et qui a cinq portiques.

3. Sous ces portiques étaient couchés en grand nombre des malades, des aveugles, des boiteux, des paralytiques, qui attendaient le mouvement de l'eau ;

4. car un ange descendait de temps en temps dans la piscine, et agitait l'eau ; et celui qui y descendait le premier après que l'eau avait été agitée était guéri, quelle que fût sa maladie.

5. Là se trouvait un homme malade depuis trente-huit ans.

6. Jésus, l'ayant vu couché, et sachant qu'il était malade depuis longtemps, lui dit : Veux-tu être guéri ?

7. Le malade lui répondit : Seigneur, je n'ai personne pour me jeter dans la piscine quand l'eau est agitée, et, pendant que j'y vais, un autre descend avant moi.

8. Lève-toi, lui dit Jésus, prends ton lit, et marche.

9. Aussitôt cet homme fut guéri ; il prit son lit, et marcha. C'était un jour de sabbat. Les Juifs dirent donc à celui qui avait

10. C'était un jour de sabbat. Les Juifs dirent donc à celui qui avait été guéri : C'est le sabbat ; il ne t'est pas permis d'emporter ton lit.

11. Il leur répondit : Celui qui m'a guéri m'a dit : Prends ton lit, et marche.

12. Ils lui demandèrent : Qui est l'homme qui t'a dit : Prends ton lit, et marche ?

13. Mais celui qui avait été guéri ne savait pas qui c'était ; car Jésus avait disparu de la foule qui était en ce lieu.

14. Depuis, Jésus le trouva dans le temple, et lui dit : Voici, tu as été guéri ; ne pèche plus, de peur qu'il ne t'arrive quelque chose de pire.

15. Cet homme s'en alla, et annonça aux Juifs que c'était Jésus qui l'avait guéri.

16. C'est pourquoi les Juifs poursuivaient Jésus, parce qu'il faisait ces choses le jour du sabbat.

17. Mais Jésus leur répondit : Mon Père agit jusqu'à présent ; moi aussi, j'agis.

18. A cause de cela, les Juifs cherchaient encore plus à le faire mourir, non seulement parce qu'il violait le sabbat, mais parce qu'il appelait Dieu son propre Père, se faisant lui-même égal à Dieu.

19. Jésus reprit donc la parole, et leur dit : En vérité, en vérité, je vous le dis, le Fils ne peut rien faire de lui-même, il ne fait que ce qu'il voit faire au Père ; et tout ce que le Père fait, le Fils aussi le fait pareillement.

20. Car le Père aime le Fils, et lui montre tout ce qu'il fait ; et il lui montrera des oeuvres plus grandes que celles-ci, afin que vous soyez dans l'étonnement.

21. Car, comme le Père ressuscite les morts et donne la vie, ainsi le Fils donne la vie à qui il veut.

22. Le Père ne juge personne, mais il a remis tout jugement au Fils,

23. afin que tous honorent le Fils comme ils honorent le Père. Celui qui n'honore pas le Fils n'honore pas le Père qui l'a envoyé.

24. En vérité, en vérité, je vous le dis, celui qui écoute ma parole, et qui croit à celui qui m'a envoyé, a la vie éternelle et ne vient point en jugement, mais il est passé de la mort à la vie.

25. En vérité, en vérité, je vous le dis, l'heure vient, et elle est déjà venue, où les morts entendront la voix du Fils de Dieu ; et ceux qui l'auront entendue vivront.

26. Car, comme le Père a la vie en lui-même, ainsi il a donné au Fils d'avoir la vie en lui-même.

27. Et il lui a donné le pouvoir de juger, parce qu'il est Fils de l'homme.

28. Ne vous étonnez pas de cela ; car l'heure vient où tous ceux qui sont dans les sépulcres entendront sa voix, et en sortiront.

29. Ceux qui auront fait le bien ressusciteront pour la vie, mais ceux qui auront fait le mal ressusciteront pour le jugement.

30. Je ne puis rien faire de moi-même : selon que j'entends, je juge ; et mon jugement est juste, parce que je ne cherche pas ma volonté, mais la volonté de celui qui m'a envoyé.

31. Si c'est moi qui rends témoignage de moi-même, mon témoignage n'est pas vrai.

32. Il y en a un autre qui rend témoignage de moi, et je sais que le témoignage qu'il rend de moi est vrai.

33. Vous avez envoyé vers Jean, et il a rendu témoignage à la vérité.

34. Pour moi ce n'est pas d'un homme que je reçois le témoignage ; mais je dis ceci, afin que vous soyez sauvés.

35. Jean était la lampe qui brûle et qui luit, et vous avez voulu vous réjouir une heure à sa lumière.

36. Moi, j'ai un témoignage plus grand que celui de Jean ; car les oeuvres que le Père m'a donné d'accomplir, ces oeuvres mêmes que je fais, témoignent de moi que c'est le Père qui m'a envoyé.

37. Et le Père qui m'a envoyé a rendu lui-même témoignage de moi. Vous n'avez jamais entendu sa voix, vous n'avez point vu sa face,

38. et sa parole ne demeure point en vous, parce que vous ne croyez pas à celui qu'il a envoyé.

39. Vous sondez les Écritures, parce que vous pensez avoir en elles la vie éternelle : ce sont elles qui rendent témoignage de moi.

40. Et vous ne voulez pas venir à moi pour avoir la vie !

41. Je ne tire pas ma gloire des hommes.

42. Mais je sais que vous n'avez point en vous l'amour de Dieu.

43. Je suis venu au nom de mon Père, et vous ne me recevez pas ; si un autre vient en son propre nom, vous le recevrez.

44. Comment pouvez-vous croire, vous qui tirez votre gloire les uns des autres, et qui ne cherchez point la gloire qui vient de Dieu seul ?

45. Ne pensez pas que moi je vous accuserai devant le Père ; celui qui vous accuse, c'est Moïse, en qui vous avez mis votre espérance.

46. Car si vous croyiez Moïse, vous me croiriez aussi, parce qu'il a écrit de moi.

47. Mais si vous ne croyez pas à ses écrits, comment croirez-vous à

mes paroles ?

Jean 6

1. Après cela, Jésus s'en alla de l'autre côté de la mer de Galilée, de Tibériade.

2. Une grande foule le suivait, parce qu'elle voyait les miracles qu'il opérait sur les malades.

3. Jésus monta sur la montagne, et là il s'assit avec ses disciples.

4. Or, la Pâque était proche, la fête des Juifs.

5. Ayant levé les yeux, et voyant qu'une grande foule venait à lui, Jésus dit à Philippe : Où achèterons-nous des pains, pour que ces gens aient à manger ?

6. Il disait cela pour l'éprouver, car il savait ce qu'il allait faire.

7. Philippe lui répondit : Les pains qu'on aurait pour deux cents deniers ne suffiraient pas pour que chacun en reçût un peu.

8. Un de ses disciples, André, frère de Simon Pierre, lui dit :

9. Il y a ici un jeune garçon qui a cinq pains d'orge et deux poissons ; mais qu'est-ce que cela pour tant de gens ?

10. Jésus dit : Faites-les asseoir. Il y avait dans ce lieu beaucoup d'herbe. Ils s'assirent donc, au nombre d'environ cinq mille hommes.

11. Jésus prit les pains, rendit grâces, et les distribua à ceux qui étaient assis ; il leur donna de même des poissons, autant qu'ils en voulurent.

12. Lorsqu'ils furent rassasiés, il dit à ses disciples : Ramassez les morceaux qui restent, afin que rien ne se perde.

13. Ils les ramassèrent donc, et ils remplirent douze paniers avec les morceaux qui restèrent des cinq pains d'orge, après que tous eurent mangé.

14. Ces gens, ayant vu le miracle que Jésus avait fait, disaient : Celui-ci est vraiment le prophète qui doit venir dans le monde.

15. Et Jésus, sachant qu'ils allaient venir l'enlever pour le faire roi, se retira de nouveau sur la montagne, lui seul.

16. Quand le soir fut venu, ses disciples descendirent au bord de la mer.

17. Étant montés dans une barque, ils traversaient la mer pour se rendre à Capernaüm. Il faisait déjà nuit, et Jésus ne les avait pas encore rejoints.

18. Il soufflait un grand vent, et la mer était agitée.

19. Après avoir ramé environ vingt-cinq ou trente stades, ils virent Jésus marchant sur la mer et s'approchant de la barque. Et ils eurent peur.

20. Mais Jésus leur dit : C'est moi ; n'ayez pas peur !

21. Ils voulaient donc le prendre dans la barque, et aussitôt la barque aborda au lieu où ils allaient.

22. La foule qui était restée de l'autre côté de la mer avait remarqué qu'il ne se trouvait là qu'une seule barque, et que Jésus n'était pas monté dans cette barque avec ses disciples, mais qu'ils étaient partis seuls.

23. Le lendemain, comme d'autres barques étaient arrivées de Tibériade près du lieu où ils avaient mangé le pain après que le Seigneur eut rendu grâces,

24. les gens de la foule, ayant vu que ni Jésus ni ses disciples n'étaient là, montèrent eux-mêmes dans ces barques et allèrent à Capernaüm à la recherche de Jésus.

25. Et l'ayant trouvé au delà de la mer, ils lui dirent : Rabbi, quand es-tu venu ici ?

26. Jésus leur répondit : En vérité, en vérité, je vous le dis, vous me cherchez, non parce que vous avez vu des miracles, mais parce que vous avez mangé des pains et que vous avez été rassasiés.

27. Travaillez, non pour la nourriture qui périt, mais pour celle qui subsiste pour la vie éternelle, et que le Fils de l'homme vous donnera ; car c'est lui que le Père, que Dieu a marqué de son sceau.

28. Ils lui dirent : Que devons-nous faire, pour faire les oeuvres de

Dieu ?

29. Jésus leur répondit : L'oeuvre de Dieu, c'est que vous croyiez en celui qu'il a envoyé.

30. Quel miracle fais-tu donc, lui dirent-ils, afin que nous le voyions, et que nous croyions en toi ? Que fais-tu ?

31. Nos pères ont mangé la manne dans le désert, selon ce qui est écrit : Il leur donna le pain du ciel à manger.

32. Jésus leur dit : En vérité, en vérité, je vous le dis, Moïse ne vous a pas donné le pain du ciel, mais mon Père vous donne le vrai pain du ciel ;

33. car le pain de Dieu, c'est celui qui descend du ciel et qui donne la vie au monde.

34. Ils lui dirent : Seigneur, donne-nous toujours ce pain.

35. Jésus leur dit : Je suis le pain de vie. Celui qui vient à moi n'aura jamais faim, et celui qui croit en moi n'aura jamais soif.

36. Mais, je vous l'ai dit, vous m'avez vu, et vous ne croyez point.

37. Tous ceux que le Père me donne viendront à moi, et je ne mettrai pas dehors celui qui vient à moi ;

38. car je suis descendu du ciel pour faire, non ma volonté, mais la volonté de celui qui m'a envoyé.

39. Or, la volonté de celui qui m'a envoyé, c'est que je ne perde rien de tout ce qu'il m'a donné, mais que je le ressuscite au dernier jour.

40. La volonté de mon Père, c'est que quiconque voit le Fils et croit en lui ait la vie éternelle ; et je le ressusciterai au dernier jour.

41. Les Juifs murmuraient à son sujet, parce qu'il avait dit : Je suis le pain qui est descendu du ciel.

42. Et ils disaient : N'est-ce pas là Jésus, le fils de Joseph, celui dont nous connaissons le père et la mère ? Comment donc dit-il : Je suis descendu du ciel ?

43. Jésus leur répondit : Ne murmurez pas entre vous.

44. Nul ne peut venir à moi, si le Père qui m'a envoyé ne l'attire ; et je le ressusciterai au dernier jour.

45. Il est écrit dans les prophètes : Ils seront tous enseignés de Dieu. Ainsi quiconque a entendu le Père et a reçu son enseignement vient à moi.

46. C'est que nul n'a vu le Père, sinon celui qui vient de Dieu ; celui-là a vu le Père.

47. En vérité, en vérité, je vous le dis, celui qui croit en moi a la vie éternelle.

48. Je suis le pain de vie.

49. Vos pères ont mangé la manne dans le désert, et ils sont morts.

50. C'est ici le pain qui descend du ciel, afin que celui qui en mange ne meure point.

51. Je suis le pain vivant qui est descendu du ciel. Si quelqu'un mange de ce pain, il vivra éternellement ; et le pain que je donnerai, c'est ma chair, que je donnerai pour la vie du monde.

52. Là-dessus, les Juifs disputaient entre eux, disant : Comment peut-il nous donner sa chair à manger ?

53. Jésus leur dit : En vérité, en vérité, je vous le dis, si vous ne mangez la chair du Fils de l'homme, et si vous ne buvez son sang, vous n'avez point la vie en vous-mêmes.

54. Celui qui mange ma chair et qui boit mon sang a la vie éternelle ; et je le ressusciterai au dernier jour.

55. Car ma chair est vraiment une nourriture, et mon sang est vraiment un breuvage.

56. Celui qui mange ma chair et qui boit mon sang demeure en moi, et je demeure en lui.

57. Comme le Père qui est vivant m'a envoyé, et que je vis par le Père, ainsi celui qui me mange vivra par moi.

58. C'est ici le pain qui est descendu du ciel. Il n'en est pas comme de vos pères qui ont mangé la manne et qui sont morts : celui qui mange ce pain vivra éternellement.

59. Jésus dit ces choses dans la synagogue, enseignant à Capernaüm.

60. Plusieurs de ses disciples, après l'avoir entendu, dirent : Cette parole est dure ; qui peut l'écouter ?

61. Jésus, sachant en lui-même que ses disciples murmuraient à ce sujet, leur dit : Cela vous scandalise-t-il ?

62. Et si vous voyez le Fils de l'homme monter où il était auparavant ?...

63. C'est l'esprit qui vivifie ; la chair ne sert de rien. Les paroles que je vous ai dites sont esprit et vie.

64. Mais il en est parmi vous quelques-uns qui ne croient point. Car Jésus savait dès le commencement qui étaient ceux qui ne croyaient point, et qui était celui qui le livrerait.

65. Et il ajouta : C'est pourquoi je vous ai dit que nul ne peut venir à moi, si cela ne lui a été donné par le Père.

66. Dès ce moment, plusieurs de ses disciples se retirèrent, et ils n'allaient plus avec lui.

67. Jésus donc dit aux douze : Et vous, ne voulez-vous pas aussi vous en aller ?

68. Simon Pierre lui répondit : Seigneur, à qui irions-nous ? Tu as les paroles de la vie éternelle.

69. Et nous avons cru et nous avons connu que tu es le Christ, le Saint de Dieu.

70. Jésus leur répondit : N'est-ce pas moi qui vous ai choisis, vous les douze ? Et l'un de vous est un démon !

71. Il parlait de Judas Iscariot, fils de Simon ; car c'était lui qui devait le livrer, lui, l'un des douze.

Jean 7

1. Après cela, Jésus parcourait la Galilée, car il ne voulait pas séjourner en Judée, parce que les Juifs cherchaient à le faire mourir.
2. Or, la fête des Juifs, la fête des Tabernacles, était proche.
3. Et ses frères lui dirent : Pars d'ici, et va en Judée, afin que tes disciples voient aussi les oeuvres que tu fais.
4. Personne n'agit en secret, lorsqu'il désire paraître : si tu fais ces choses, montre-toi toi-même au monde.
5. Car ses frères non plus ne croyaient pas en lui.
6. Jésus leur dit : Mon temps n'est pas encore venu, mais votre temps est toujours prêt.
7. Le monde ne peut vous haïr ; moi, il me hait, parce que je rends de lui le témoignage que ses oeuvres sont mauvaises.
8. Montez, vous, à cette fête ; pour moi, je n'y monte point, parce que mon temps n'est pas encore accompli.
9. Après leur avoir dit cela, il resta en Galilée.
10. Lorsque ses frères furent montés à la fête, il y monta aussi lui-même, non publiquement, mais comme en secret.
11. Les Juifs le cherchaient pendant la fête, et disaient : Où est-il ?
12. Il y avait dans la foule grande rumeur à son sujet. Les uns disaient : C'est un homme de bien. D'autres disaient : Non, il égare la multitude.
13. Personne, toutefois, ne parlait librement de lui, par crainte des Juifs.
14. Vers le milieu de la fête, Jésus monta au temple. Et il enseignait.
15. Les Juifs s'étonnaient, disant : Comment connaît-il les Écritures, lui qui n'a point étudié ?

16. Jésus leur répondit : Ma doctrine n'est pas de moi, mais de celui qui m'a envoyé.

17. Si quelqu'un veut faire sa volonté, il connaîtra si ma doctrine est de Dieu, ou si je parle de mon chef.

18. Celui qui parle de son chef cherche sa propre gloire ; mais celui qui cherche la gloire de celui qui l'a envoyé, celui-là est vrai, et il n'y a point d'injustice en lui.

19. Moïse ne vous a-t-il pas donné la loi ? Et nul de vous n'observe la loi. Pourquoi cherchez-vous à me faire mourir ?

20. La foule répondit : Tu as un démon. Qui est-ce qui cherche à te faire mourir ?

21. Jésus leur répondit : J'ai fait une oeuvre, et vous en êtes tous étonnés.

22. Moïse vous a donné la circoncision, -non qu'elle vienne de Moïse, car elle vient des patriarches, -et vous circoncisez un homme le jour du sabbat.

23. Si un homme reçoit la circoncision le jour du sabbat, afin que la loi de Moïse ne soit pas violée, pourquoi vous irritez-vous contre moi de ce que j'ai guéri un homme tout entier le jour du sabbat ?

24. Ne jugez pas selon l'apparence, mais jugez selon la justice.

25. Quelques habitants de Jérusalem disaient : N'est-ce pas là celui qu'ils cherchent à faire mourir ?

26. Et voici, il parle librement, et ils ne lui disent rien ! Est-ce que vraiment les chefs auraient reconnu qu'il est le Christ ?

27. Cependant celui-ci, nous savons d'où il est ; mais le Christ, quand il viendra, personne ne saura d'où il est.

28. Et Jésus, enseignant dans le temple, s'écria : Vous me connaissez, et vous savez d'où je suis ! Je ne suis pas venu de moi-même : mais celui qui m'a envoyé est vrai, et vous ne le connaissez pas.

29. Moi, je le connais ; car je viens de lui, et c'est lui qui m'a envoyé.

30. Ils cherchaient donc à se saisir de lui, et personne ne mit la main sur lui, parce que son heure n'était pas encore venue.

31. Plusieurs parmi la foule crurent en lui, et ils disaient : Le Christ, quand il viendra, fera-t-il plus de miracles que n'en a fait celui-ci ?

32. Les pharisiens entendirent la foule murmurant de lui ces choses. Alors les principaux sacrificateurs et les pharisiens envoyèrent des huissiers pour le saisir.

33. Jésus dit : Je suis encore avec vous pour un peu de temps, puis je m'en vais vers celui qui m'a envoyé.

34. Vous me chercherez et vous ne me trouverez pas, et vous ne pouvez venir où je serai.

35. Sur quoi les Juifs dirent entre eux : Où ira-t-il, que nous ne le trouvions pas ? Ira-t-il parmi ceux qui sont dispersés chez les Grecs, et enseignera-t-il les Grecs ?

36. Que signifie cette parole qu'il a dite : Vous me chercherez et vous ne me trouverez pas, et vous ne pouvez venir où je serai ?

37. Le dernier jour, le grand jour de la fête, Jésus, se tenant debout, s'écria : Si quelqu'un a soif, qu'il vienne à moi, et qu'il boive.

38. Celui qui croit en moi, des fleuves d'eau vive couleront de son sein, comme dit l'Écriture.

39. Il dit cela de l'Esprit que devaient recevoir ceux qui croiraient en lui ; car l'Esprit n'était pas encore, parce que Jésus n'avait pas encore été glorifié.

40. Des gens de la foule, ayant entendu ces paroles, disaient : Celui-ci est vraiment le prophète.

41. D'autres disaient : C'est le Christ. Et d'autres disaient : Est-ce bien de la Galilée que doit venir le Christ ?

42. L'Écriture ne dit-elle pas que c'est de la postérité de David, et du village de Bethléhem, où était David, que le Christ doit venir ?

43. Il y eut donc, à cause de lui, division parmi la foule.

44. Quelques-uns d'entre eux voulaient le saisir, mais personne ne mit la main sur lui.

45. Ainsi les huissiers retournèrent vers les principaux sacrificateurs et les pharisiens. Et ceux-ci leur dirent : Pourquoi ne l'avez-vous pas amené ?

46. Les huissiers répondirent : Jamais homme n'a parlé comme cet homme.

47. Les pharisiens leur répliquèrent : Est-ce que vous aussi, vous avez été séduits ?

48. Y a-t-il quelqu'un des chefs ou des pharisiens qui ait cru en lui ?
49. Mais cette foule qui ne connaît pas la loi, ce sont des maudits !
50. Nicodème, qui était venu de nuit vers Jésus, et qui était l'un d'entre eux, leur dit :

51. Notre loi condamne-t-elle un homme avant qu'on l'entende et qu'on sache ce qu'il a fait ?
52. Ils lui répondirent : Es-tu aussi Galiléen ? Examine, et tu verras que de la Galilée il ne sort point de prophète.
53. Et chacun s'en retourna dans sa maison.

Jean 8

1. Jésus se rendit à la montagne des oliviers.

2. Mais, dès le matin, il alla de nouveau dans le temple, et tout le peuple vint à lui. S'étant assis, il les enseignait.

3. Alors les scribes et les pharisiens amenèrent une femme surprise en adultère ;

4. et, la plaçant au milieu du peuple, ils dirent à Jésus : Maître, cette femme a été surprise en flagrant délit d'adultère.

5. Moïse, dans la loi, nous a ordonné de lapider de telles femmes : toi donc, que dis-tu ?

6. Ils disaient cela pour l'éprouver, afin de pouvoir l'accuser. Mais Jésus, s'étant baissé, écrivait avec le doigt sur la terre.

7. Comme ils continuaient à l'interroger, il se releva et leur dit : Que celui de vous qui est sans péché jette le premier la pierre contre elle.

8. Et s'étant de nouveau baissé, il écrivait sur la terre.

9. Quand ils entendirent cela, accusés par leur conscience, ils se retirèrent un à un, depuis les plus âgés jusqu'aux derniers ; et Jésus resta seul avec la femme qui était là au milieu.

10. Alors s'étant relevé, et ne voyant plus que la femme, Jésus lui dit : Femme, où sont ceux qui t'accusaient ? Personne ne t'a-t-il condamnée ?

11. Elle répondit : Non, Seigneur. Et Jésus lui dit : Je ne te condamne pas non plus : va, et ne pèche plus.

12. Jésus leur parla de nouveau, et dit : Je suis la lumière du monde ; celui qui me suit ne marchera pas dans les ténèbres, mais il aura la lumière de la vie.

13. Là-dessus, les pharisiens lui dirent : Tu rends témoignage de toi-

même ; ton témoignage n'est pas vrai.

14. Jésus leur répondit : Quoique je rende témoignage de moi-même, mon témoignage est vrai, car je sais d'où je suis venu et où je vais ; mais vous, vous ne savez d'où je viens ni où je vais.
15. Vous jugez selon la chair ; moi, je ne juge personne.
16. Et si je juge, mon jugement est vrai, car je ne suis pas seul ; mais le Père qui m'a envoyé est avec moi.
17. Il est écrit dans votre loi que le témoignage de deux hommes est vrai ;
18. je rends témoignage de moi-même, et le Père qui m'a envoyé rend témoignage de moi.
19. Ils lui dirent donc : Où est ton Père ? Jésus répondit : Vous ne connaissez ni moi, ni mon Père. Si vous me connaissiez, vous connaîtriez aussi mon Père.
20. Jésus dit ces paroles, enseignant dans le temple, au lieu où était le trésor ; et personne ne le saisit, parce que son heure n'était pas encore venue.
21. Jésus leur dit encore : Je m'en vais, et vous me chercherez, et vous mourrez dans votre péché ; vous ne pouvez venir où je vais.
22. Sur quoi les Juifs dirent : Se tuera-t-il lui-même, puisqu'il dit : Vous ne pouvez venir où je vais ?
23. Et il leur dit : Vous êtes d'en bas ; moi, je suis d'en haut. Vous êtes de ce monde ; moi, je ne suis pas de ce monde.
24. C'est pourquoi je vous ai dit que vous mourrez dans vos péchés ; car si vous ne croyez pas ce que je suis, vous mourrez dans vos péchés.
25. Qui es-tu ? lui dirent-ils. Jésus leur répondit : Ce que je vous dis dès le commencement.

26. J'ai beaucoup de choses à dire de vous et à juger en vous ; mais celui qui m'a envoyé est vrai, et ce que j'ai entendu de lui, je le dis au monde.
27. Ils ne comprirent point qu'il leur parlait du Père.
28. Jésus donc leur dit : Quand vous aurez élevé le Fils de l'homme, alors vous connaîtrez ce que je suis, et que je ne fais rien de moi-

même, mais que je parle selon ce que le Père m'a enseigné.

29. Celui qui m'a envoyé est avec moi ; il ne m'a pas laissé seul, parce que je fais toujours ce qui lui est agréable.

30. Comme Jésus parlait ainsi, plusieurs crurent en lui.

31. Et il dit aux Juifs qui avaient cru en lui : Si vous demeurez dans ma parole, vous êtes vraiment mes disciples ;

32. vous connaîtrez la vérité, et la vérité vous affranchira.

33. Ils lui répondirent : Nous sommes la postérité d'Abraham, et nous ne fûmes jamais esclaves de personne ; comment dis-tu : Vous deviendrez libres ?

34. En vérité, en vérité, je vous le dis, leur répliqua Jésus, quiconque se livre au péché est esclave du péché.

35. Or, l'esclave ne demeure pas toujours dans la maison ; le fils y demeure toujours.

36. Si donc le Fils vous affranchit, vous serez réellement libres.

37. Je sais que vous êtes la postérité d'Abraham ; mais vous cherchez à me faire mourir, parce que ma parole ne pénètre pas en vous.

38. Je dis ce que j'ai vu chez mon Père ; et vous, vous faites ce que vous avez entendu de la part de votre père.

39. Ils lui répondirent : Notre père, c'est Abraham. Jésus leur dit : Si vous étiez enfants d'Abraham, vous feriez les oeuvres d'Abraham.

40. Mais maintenant vous cherchez à me faire mourir, moi qui vous ai dit la vérité que j'ai entendue de Dieu. Cela, Abraham ne l'a point fait.

41. Vous faites les oeuvres de votre père. Ils lui dirent : Nous ne sommes pas des enfants illégitimes ; nous avons un seul Père, Dieu.

42. Jésus leur dit : Si Dieu était votre Père, vous m'aimeriez, car c'est de Dieu que je suis sorti et que je viens ; je ne suis pas venu de moi-même, mais c'est lui qui m'a envoyé.

43. Pourquoi ne comprenez-vous pas mon langage ? Parce que vous ne pouvez écouter ma parole.

44. Vous avez pour père le diable, et vous voulez accomplir les désirs de votre père. Il a été meurtrier dès le commencement, et il ne se tient pas dans la vérité, parce qu'il n'y a pas de vérité en lui. Lorsqu'il profère le mensonge, il parle de son propre fonds ; car il est menteur

et le père du mensonge.

45. Et moi, parce que je dis la vérité, vous ne me croyez pas.

46. Qui de vous me convaincra de péché ? Si je dis la vérité, pourquoi ne me croyez-vous pas ?

47. Celui qui est de Dieu, écoute les paroles de Dieu ; vous n'écoutez pas, parce que vous n'êtes pas de Dieu.

48. Les Juifs lui répondirent : N'avons-nous pas raison de dire que tu es un Samaritain, et que tu as un démon ?

49. Jésus répliqua : Je n'ai point de démon ; mais j'honore mon Père, et vous m'outragez.

50. Je ne cherche point ma gloire ; il en est un qui la cherche et qui juge.

51. En vérité, en vérité, je vous le dis, si quelqu'un garde ma parole, il ne verra jamais la mort.

52. Maintenant, lui dirent les Juifs, nous connaissons que tu as un démon. Abraham est mort, les prophètes aussi, et tu dis : Si quelqu'un garde ma parole, il ne verra jamais la mort.

53. Es-tu plus grand que notre père Abraham, qui est mort ? Les prophètes aussi sont morts. Qui prétends-tu être ?

54. Jésus répondit : Si je me glorifie moi-même, ma gloire n'est rien. C'est mon père qui me glorifie, lui que vous dites être votre Dieu,

55. et que vous ne connaissez pas. Pour moi, je le connais ; et, si je disais que je ne le connais pas, je serais semblable à vous, un menteur. Mais je le connais, et je garde sa parole.

56. Abraham, votre père, a tressailli de joie de ce qu'il verrait mon jour : il l'a vu, et il s'est réjoui.

57. Les Juifs lui dirent : Tu n'as pas encore cinquante ans, et tu as vu Abraham !

58. Jésus leur dit : En vérité, en vérité, je vous le dis, avant qu'Abraham fût, je suis.

59. Là-dessus, ils prirent des pierres pour les jeter contre lui ; mais Jésus se cacha, et il sortit du temple.

Jean 9

1. Jésus vit, en passant, un homme aveugle de naissance.

2. Ses disciples lui firent cette question : Rabbi, qui a péché, cet homme ou ses parents, pour qu'il soit né aveugle ?

3. Jésus répondit : Ce n'est pas que lui ou ses parents aient péché ; mais c'est afin que les oeuvres de Dieu soient manifestées en lui.

4. Il faut que je fasse, tandis qu'il est jour, les oeuvres de celui qui m'a envoyé ; la nuit vient, où personne ne peut travailler.

5. Pendant que je suis dans le monde, je suis la lumière du monde.

6. Après avoir dit cela, il cracha à terre, et fit de la boue avec sa salive. Puis il appliqua cette boue sur les yeux de l'aveugle,

7. et lui dit : Va, et lave-toi au réservoir de Siloé (nom qui signifie envoyé). Il y alla, se lava, et s'en retourna voyant clair.

8. Ses voisins et ceux qui auparavant l'avaient connu comme un mendiant disaient : N'est-ce pas là celui qui se tenait assis et qui mendiait ?

9. Les uns disaient : C'est lui. D'autres disaient : Non, mais il lui ressemble. Et lui-même disait : C'est moi.

10. Ils lui dirent donc : Comment tes yeux ont-ils été ouverts ?

11. Il répondit : L'Homme qu'on appelle Jésus a fait de la boue, a oint mes yeux, et m'a dit : Va au réservoir de Siloé, et lave-toi. J'y suis allé, je me suis lavé, et j'ai recouvré la vue.

12. Ils lui dirent : Où est cet homme ? Il répondit : Je ne sais.

13. Ils menèrent vers les pharisiens celui qui avait été aveugle.

14. Or, c'était un jour de sabbat que Jésus avait fait de la boue, et lui avait ouvert les yeux.

15. De nouveau, les pharisiens aussi lui demandèrent comment il avait recouvré la vue. Et il leur dit : Il a appliqué de la boue sur mes yeux, je me suis lavé, et je vois.

16. Sur quoi quelques-uns des pharisiens dirent : Cet homme ne vient pas de Dieu, car il n'observe pas le sabbat. D'autres dirent : Comment un homme pécheur peut-il faire de tels miracles ?

17. Et il y eut division parmi eux. Ils dirent encore à l'aveugle : Toi, que dis-tu de lui, sur ce qu'il t'a ouvert les yeux ? Il répondit : C'est un prophète.

18. Les Juifs ne crurent point qu'il eût été aveugle et qu'il eût recouvré la vue jusqu'à ce qu'ils eussent fait venir ses parents.

19. Et ils les interrogèrent, disant : Est-ce là votre fils, que vous dites être né aveugle ? Comment donc voit-il maintenant ?

20. Ses parents répondirent : Nous savons que c'est notre fils, et qu'il est né aveugle ;

21. mais comment il voit maintenant, ou qui lui a ouvert les yeux, c'est ce que nous ne savons. Interrogez-le lui-même, il a de l'âge, il parlera de ce qui le concerne.

22. Ses parents dirent cela parce qu'ils craignaient les Juifs ; car les Juifs étaient déjà convenus que, si quelqu'un reconnaissait Jésus pour le Christ, il serait exclu de la synagogue.

23. C'est pourquoi ses parents dirent : Il a de l'âge, interrogez-le lui-même.

24. Les pharisiens appelèrent une seconde fois l'homme qui avait été aveugle, et ils lui dirent : Donne gloire à Dieu ; nous savons que cet homme est un pécheur.

25. Il répondit : S'il est un pécheur, je ne sais ; je sais une chose, c'est que j'étais aveugle et que maintenant je vois.

26. Ils lui dirent : Que t'a-t-il fait ? Comment t'a-t-il ouvert les yeux ?

27. Il leur répondit : Je vous l'ai déjà dit, et vous n'avez pas écouté ; pourquoi voulez-vous l'entendre encore ? Voulez-vous aussi devenir ses disciples ?

28. Ils l'injurièrent et dirent : C'est toi qui es son disciple ; nous, nous sommes disciples de Moïse.

29. Nous savons que Dieu a parlé à Moïse ; mais celui-ci, nous ne

savons d'où il est.

30. Cet homme leur répondit : Il est étonnant que vous ne sachiez d'où il est ; et cependant il m'a ouvert les yeux.

31. Nous savons que Dieu n'exauce point les pécheurs ; mais, si quelqu'un l'honore et fait sa volonté, c'est celui là qu'il l'exauce.

32. Jamais on n'a entendu dire que quelqu'un ait ouvert les yeux d'un aveugle-né.

33. Si cet homme ne venait pas de Dieu, il ne pourrait rien faire.

34. Ils lui répondirent : Tu es né tout entier dans le péché, et tu nous enseignes ! Et ils le chassèrent.

35. Jésus apprit qu'ils l'avaient chassé ; et, l'ayant rencontré, il lui dit : Crois-tu au Fils de Dieu ?

36. Il répondit : Et qui est-il, Seigneur, afin que je croie en lui ?

37. Tu l'as vu, lui dit Jésus, et celui qui te parle, c'est lui.

38. Et il dit : Je crois, Seigneur. Et il se prosterna devant lui.

39. Puis Jésus dit : Je suis venu dans ce monde pour un jugement, pour que ceux qui ne voient point voient, et que ceux qui voient deviennent aveugles.

40. Quelques pharisiens qui étaient avec lui, ayant entendu ces paroles, lui dirent : Nous aussi, sommes-nous aveugles ?

41. Jésus leur répondit : Si vous étiez aveugles, vous n'auriez pas de péché. Mais maintenant vous dites : Nous voyons. C'est pour cela que votre péché subsiste.

Jean 10

1. En vérité, en vérité, je vous le dis, celui qui n'entre pas par la porte dans la bergerie, mais qui y monte par ailleurs, est un voleur et un brigand.
2. Mais celui qui entre par la porte est le berger des brebis.
3. Le portier lui ouvre, et les brebis entendent sa voix ; il appelle par leur nom les brebis qui lui appartiennent, et il les conduit dehors.
4. Lorsqu'il a fait sortir toutes ses propres brebis, il marche devant elles ; et les brebis le suivent, parce qu'elles connaissent sa voix.
5. Elles ne suivront point un étranger ; mais elles fuiront loin de lui, parce qu'elles ne connaissent pas la voix des étrangers.
6. Jésus leur dit cette parabole, mais ils ne comprirent pas de quoi il leur parlait.
7. Jésus leur dit encore : En vérité, en vérité, je vous le dis, je suis la porte des brebis.
8. Tous ceux qui sont venus avant moi sont des voleurs et des brigands ; mais les brebis ne les ont point écoutés.
9. Je suis la porte. Si quelqu'un entre par moi, il sera sauvé ; il entrera et il sortira, et il trouvera des pâturages.
10. Le voleur ne vient que pour dérober, égorger et détruire ; moi, je suis venu afin que les brebis aient la vie, et qu'elles soient dans l'abondance.
11. Je suis le bon berger. Le bon berger donne sa vie pour ses brebis.
12. Mais le mercenaire, qui n'est pas le berger, et à qui n'appartiennent pas les brebis, voit venir le loup, abandonne les brebis, et prend la fuite ; et le loup les ravit et les disperse.

13. Le mercenaire s'enfuit, parce qu'il est mercenaire, et qu'il ne se met point en peine des brebis. Je suis le bon berger.

14. Je connais mes brebis, et elles me connaissent,

15. comme le Père me connaît et comme je connais le Père ; et je donne ma vie pour mes brebis.

16. J'ai encore d'autres brebis, qui ne sont pas de cette bergerie ; celles-là, il faut que je les amène ; elles entendront ma voix, et il y aura un seul troupeau, un seul berger.

17. Le Père m'aime, parce que je donne ma vie, afin de la reprendre.

18. Personne ne me l'ôte, mais je la donne de moi-même ; j'ai le pouvoir de la donner, et j'ai le pouvoir de la reprendre : tel est l'ordre que j'ai reçu de mon Père.

19. Il y eut de nouveau, à cause de ces paroles, division parmi les Juifs.

20. Plusieurs d'entre eux disaient : Il a un démon, il est fou ; pourquoi l'écoutez-vous ?

21. D'autres disaient : Ce ne sont pas les paroles d'un démoniaque ; un démon peut-il ouvrir les yeux des aveugles ?

22. On célébrait à Jérusalem la fête de la Dédicace. C'était l'hiver.

23. Et Jésus se promenait dans le temple, sous le portique de Salomon.

24. Les Juifs l'entourèrent, et lui dirent : Jusques à quand tiendras-tu notre esprit en suspens ? Si tu es le Christ, dis-le nous franchement.

25. Jésus leur répondit : Je vous l'ai dit, et vous ne croyez pas. Les oeuvres que je fais au nom de mon Père rendent témoignage de moi.

26. Mais vous ne croyez pas, parce que vous n'êtes pas de mes brebis.

27. Mes brebis entendent ma voix ; je les connais, et elles me suivent.

28. Je leur donne la vie éternelle ; et elles ne périront jamais, et personne ne les ravira de ma main.

29. Mon Père, qui me les a données, est plus grand que tous ; et personne ne peut les ravir de la main de mon Père.

30. Moi et le Père nous sommes un.

31. Alors les Juifs prirent de nouveau des pierres pour le lapider.

32. Jésus leur dit : Je vous ai fait voir plusieurs bonnes oeuvres

venant de mon Père : pour laquelle me lapidez-vous ?

33. Les Juifs lui répondirent : Ce n'est point pour une bonne oeuvre que nous te lapidons, mais pour un blasphème, et parce que toi, qui es un homme, tu te fais Dieu.

34. Jésus leur répondit : N'est-il pas écrit dans votre loi : J'ai dit : Vous êtes des dieux ?

35. Si elle a appelé dieux ceux à qui la parole de Dieu a été adressée, et si l'Écriture ne peut être anéantie,

36. celui que le Père a sanctifié et envoyé dans le monde, vous lui dites : Tu blasphèmes ! Et cela parce que j'ai dit : Je suis le Fils de Dieu.

37. Si je ne fais pas les oeuvres de mon Père, ne me croyez pas.

38. Mais si je les fais, quand même vous ne me croyez point, croyez à ces oeuvres, afin que vous sachiez et reconnaissiez que le Père est en moi et que je suis dans le Père.

39. Là-dessus, ils cherchèrent encore à le saisir, mais il s'échappa de leurs mains.

40. Jésus s'en alla de nouveau au delà du Jourdain, dans le lieu où Jean avait d'abord baptisé. Et il y demeura.

41. Beaucoup de gens vinrent à lui, et ils disaient : Jean n'a fait aucun miracle ; mais tout ce que Jean a dit de cet homme était vrai.

42. Et, dans ce lieu-là, plusieurs crurent en lui.

Jean 11

1. Il y avait un homme malade, Lazare, de Béthanie, village de Marie et de Marthe, sa soeur.

2. C'était cette Marie qui oignit de parfum le Seigneur et qui lui essuya les pieds avec ses cheveux, et c'était son frère Lazare qui était malade.

3. Les soeurs envoyèrent dire à Jésus : Seigneur, voici, celui que tu aimes est malade.

4. Après avoir entendu cela, Jésus dit : Cette maladie n'est point à la mort ; mais elle est pour la gloire de Dieu, afin que le Fils de Dieu soit glorifié par elle.

5. Or, Jésus aimait Marthe, et sa soeur, et Lazare.

6. Lors donc qu'il eut appris que Lazare était malade, il resta deux jours encore dans le lieu où il était,

7. et il dit ensuite aux disciples : Retournons en Judée.

8. Les disciples lui dirent : Rabbi, les Juifs tout récemment cherchaient à te lapider, et tu retournes en Judée !

9. Jésus répondit : N'y a-t-il pas douze heures au jour ? Si quelqu'un marche pendant le jour, il ne bronche point, parce qu'il voit la lumière de ce monde ;

10. mais, si quelqu'un marche pendant la nuit, il bronche, parce que la lumière n'est pas en lui.

11. Après ces paroles, il leur dit : Lazare, notre ami, dort ; mais je vais le réveiller.

12. Les disciples lui dirent : Seigneur, s'il dort, il sera guéri.

13. Jésus avait parlé de sa mort, mais ils crurent qu'il parlait de l'assoupissement du sommeil.

14. Alors Jésus leur dit ouvertement : Lazare est mort.

15. Et, à cause de vous, afin que vous croyiez, je me réjouis de ce que je n'étais pas là. Mais allons vers lui.

16. Sur quoi Thomas, appelé Didyme, dit aux autres disciples : Allons aussi, afin de mourir avec lui.

17. Jésus, étant arrivé, trouva que Lazare était déjà depuis quatre jours dans le sépulcre.

18. Et, comme Béthanie était près de Jérusalem, à quinze stades environ,

19. beaucoup de Juifs étaient venus vers Marthe et Marie, pour les consoler de la mort de leur frère.

20. Lorsque Marthe apprit que Jésus arrivait, elle alla au-devant de lui, tandis que Marie se tenait assise à la maison.

21. Marthe dit à Jésus : Seigneur, si tu eusses été ici, mon frère ne serait pas mort.

22. Mais, maintenant même, je sais que tout ce que tu demanderas à Dieu, Dieu te l'accordera.

23. Jésus lui dit : Ton frère ressuscitera.

24. Je sais, lui répondit Marthe, qu'il ressuscitera à la résurrection, au dernier jour.

25. Jésus lui dit : Je suis la résurrection et la vie. Celui qui croit en moi vivra, quand même il serait mort ;

26. et quiconque vit et croit en moi ne mourra jamais. Crois-tu cela ?

27. Elle lui dit : Oui, Seigneur, je crois que tu es le Christ, le Fils de Dieu, qui devait venir dans le monde.

28. Ayant ainsi parlé, elle s'en alla. Puis elle appela secrètement Marie, sa soeur, et lui dit : Le maître est ici, et il te demande.

29. Dès que Marie eut entendu, elle se leva promptement, et alla vers lui.

30. Car Jésus n'était pas encore entré dans le village, mais il était dans le lieu où Marthe l'avait rencontré.

31. Les Juifs qui étaient avec Marie dans la maison et qui la consolaient, l'ayant vue se lever promptement et sortir, la suivirent, disant : Elle va au sépulcre, pour y pleurer.

32. Lorsque Marie fut arrivée là où était Jésus, et qu'elle le vit, elle tomba à ses pieds, et lui dit : Seigneur, si tu eusses été ici, mon frère ne serait pas mort.

33. Jésus, la voyant pleurer, elle et les Juifs qui étaient venus avec elle, frémit en son esprit, et fut tout ému.

34. Et il dit : Où l'avez-vous mis ? Seigneur, lui répondirent-ils, viens et vois.

35. Jésus pleura.

36. Sur quoi les Juifs dirent : Voyez comme il l'aimait.

37. Et quelques-uns d'entre eux dirent : Lui qui a ouvert les yeux de l'aveugle, ne pouvait-il pas faire aussi que cet homme ne mourût point ?

38. Jésus frémissant de nouveau en lui-même, se rendit au sépulcre. C'était une grotte, et une pierre était placée devant.

39. Jésus dit : Otez la pierre. Marthe, la soeur du mort, lui dit : Seigneur, il sent déjà, car il y a quatre jours qu'il est là.

40. Jésus lui dit : Ne t'ai-je pas dit que, si tu crois, tu verras la gloire de Dieu ?

41. Ils ôtèrent donc la pierre. Et Jésus leva les yeux en haut, et dit : Père, je te rends grâces de ce que tu m'as exaucé.

42. Pour moi, je savais que tu m'exauces toujours ; mais j'ai parlé à cause de la foule qui m'entoure, afin qu'ils croient que c'est toi qui m'as envoyé.

43. Ayant dit cela, il cria d'une voix forte : Lazare, sors !

44. Et le mort sortit, les pieds et les mains liés de bandes, et le visage enveloppé d'un linge. Jésus leur dit : Déliez-le, et laissez-le aller.

45. Plusieurs des Juifs qui étaient venus vers Marie, et qui virent ce que fit Jésus, crurent en lui.

46. Mais quelques-uns d'entre eux allèrent trouver les pharisiens, et leur dirent ce que Jésus avait fait.

47. Alors les principaux sacrificateurs et les pharisiens assemblèrent le sanhédrin, et dirent : Que ferons-nous ? Car cet homme fait beaucoup de miracles.

48. Si nous le laissons faire, tous croiront en lui, et les Romains viendront détruire et notre ville et notre nation.

49. L'un d'eux, Caïphe, qui était souverain sacrificateur cette année-là, leur dit : Vous n'y entendez rien ;

50. vous ne réfléchissez pas qu'il est dans votre intérêt qu'un seul homme meure pour le peuple, et que la nation entière ne périsse pas.

51. Or, il ne dit pas cela de lui-même ; mais étant souverain sacrificateur cette année-là, il prophétisa que Jésus devait mourir pour la nation.

52. Et ce n'était pas pour la nation seulement ; c'était aussi afin de réunir en un seul corps les enfants de Dieu dispersés.

53. Dès ce jour, ils résolurent de le faire mourir.

54. C'est pourquoi Jésus ne se montra plus ouvertement parmi les Juifs ; mais il se retira dans la contrée voisine du désert, dans une ville appelée Éphraïm ; et là il demeurait avec ses disciples.

55. La Pâque des Juifs était proche. Et beaucoup de gens du pays montèrent à Jérusalem avant la Pâque, pour se purifier.

56. Ils cherchaient Jésus, et ils se disaient les uns aux autres dans le temple : Que vous en semble ? Ne viendra-t-il pas à la fête ?

57. Or, les principaux sacrificateurs et les pharisiens avaient donné l'ordre que, si quelqu'un savait où il était, il le déclarât, afin qu'on se saisît de lui.

Jean 12

1. Six jours avant la Pâque, Jésus arriva à Béthanie, où était Lazare, qu'il avait ressuscité des morts.
2. Là, on lui fit un souper ; Marthe servait, et Lazare était un de ceux qui se trouvaient à table avec lui.
3. Marie, ayant pris une livre d'un parfum de nard pur de grand prix, oignit les pieds de Jésus, et elle lui essuya les pieds avec ses cheveux ; et la maison fut remplie de l'odeur du parfum.
4. Un de ses disciples, Judas Iscariot, fils de Simon, celui qui devait le livrer, dit :
5. Pourquoi n'a-t-on pas vendu ce parfum trois cent deniers, pour les donner aux pauvres ?
6. Il disait cela, non qu'il se mît en peine des pauvres, mais parce qu'il était voleur, et que, tenant la bourse, il prenait ce qu'on y mettait.
7. Mais Jésus dit : Laisse-la garder ce parfum pour le jour de ma sépulture.
8. Vous avez toujours les pauvres avec vous, mais vous ne m'avez pas toujours.
9. Une grande multitude de Juifs apprirent que Jésus était à Béthanie ; et ils y vinrent, non pas seulement à cause de lui, mais aussi pour voir Lazare, qu'il avait ressuscité des morts.
10. Les principaux sacrificateurs délibérèrent de faire mourir aussi Lazare,
11. parce que beaucoup de Juifs se retiraient d'eux à cause de lui, et croyaient en Jésus.
12. Le lendemain, une foule nombreuse de gens venus à la fête ayant entendu dire que Jésus se rendait à Jérusalem,

13. prirent des branches de palmiers, et allèrent au-devant de lui, en criant : Hosanna ! Béni soit celui qui vient au nom du Seigneur, le roi d'Israël !

14. Jésus trouva un ânon, et s'assit dessus, selon ce qui est écrit :

15. Ne crains point, fille de Sion ; Voici, ton roi vient, Assis sur le petit d'une ânesse.

16. Ses disciples ne comprirent pas d'abord ces choses ; mais, lorsque Jésus eut été glorifié, ils se souvinrent qu'elles étaient écrites de lui, et qu'il les avaient été accomplies à son égard.

17. Tous ceux qui étaient avec Jésus, quand il appela Lazare du sépulcre et le ressuscita des morts, lui rendaient témoignage ;

18. et la foule vint au-devant de lui, parce qu'elle avait appris qu'il avait fait ce miracle.

19. Les pharisiens se dirent donc les uns aux autres : Vous voyez que vous ne gagnez rien ; voici, le monde est allé après lui.

20. Quelques Grecs, du nombre de ceux qui étaient montés pour adorer pendant la fête,

21. s'adressèrent à Philippe, de Bethsaïda en Galilée, et lui dirent avec instance : Seigneur, nous voudrions voir Jésus.

22. Philippe alla le dire à André, puis André et Philippe le dirent à Jésus.

23. Jésus leur répondit : L'heure est venue où le Fils de l'homme doit être glorifié.

24. En vérité, en vérité, je vous le dis, si le grain de blé qui est tombé en terre ne meurt, il reste seul ; mais, s'il meurt, il porte beaucoup de fruit.

25. Celui qui aime sa vie la perdra, et celui qui hait sa vie dans ce monde la conservera pour la vie éternelle.

26. Si quelqu'un me sert, qu'il me suive ; et là où je suis, là aussi sera mon serviteur. Si quelqu'un me sert, le Père l'honorera.

27. Maintenant mon âme est troublée. Et que dirais-je ?... Père, délivre-moi de cette heure ?... Mais c'est pour cela que je suis venu jusqu'à cette heure.

28. Père, glorifie ton nom ! Et une voix vint du ciel : Je l'ai glorifié,

et je le glorifierai encore.

29. La foule qui était là, et qui avait entendu, disait que c'était un tonnerre. D'autres disaient : Un ange lui a parlé.

30. Jésus dit : Ce n'est pas à cause de moi que cette voix s'est fait entendre ; c'est à cause de vous.

31. Maintenant a lieu le jugement de ce monde ; maintenant le prince de ce monde sera jeté dehors.

32. Et moi, quand j'aurai été élevé de la terre, j'attirerai tous les hommes à moi.

33. En parlant ainsi, il indiquait de quelle mort il devait mourir. -

34. La foule lui répondit : Nous avons appris par la loi que le Christ demeure éternellement ; comment donc dis-tu : Il faut que le Fils de l'homme soit élevé ? Qui est ce Fils de l'homme ?

35. Jésus leur dit : La lumière est encore pour un peu de temps au milieu de vous. Marchez, pendant que vous avez la lumière, afin que les ténèbres ne vous surprennent point : celui qui marche dans les ténèbres ne sait où il va.

36. Pendant que vous avez la lumière, croyez en la lumière, afin que vous soyez des enfants de lumière. Jésus dit ces choses, puis il s'en alla, et se cacha loin d'eux.

37. Malgré tant de miracles qu'il avait faits en leur présence, ils ne croyaient pas en lui,

38. afin que s'accomplît la parole qu'Ésaïe, le prophète, a prononcée : Seigneur, Qui a cru à notre prédication ? Et à qui le bras du Seigneur a-t-il été révélé ?

39. Aussi ne pouvaient-ils croire, parce qu'Ésaïe a dit encore :

40. Il a aveuglé leurs yeux ; et il a endurci leur coeur, De peur qu'ils ne voient des yeux, Qu'ils ne comprennent du coeur, Qu'ils ne se convertissent, et que je ne les guérisse.

41. Ésaïe dit ces choses, lorsqu'il vit sa gloire, et qu'il parla de lui.

42. Cependant, même parmi les chefs, plusieurs crurent en lui ; mais, à cause des pharisiens, ils n'en faisaient pas l'aveu, dans la crainte d'être exclu de la synagogue.

43. Car ils aimèrent la gloire des hommes plus que la gloire de Dieu.

44. Or, Jésus s'était écrié : Celui qui croit en moi croit, non pas en

moi, mais en celui qui m'a envoyé ;

45. et celui qui me voit voit celui qui m'a envoyé.

46. Je suis venu comme une lumière dans le monde, afin que quiconque croit en moi ne demeure pas dans les ténèbres.

47. Si quelqu'un entend mes paroles et ne les garde point, ce n'est pas moi qui le juge ; car je suis venu non pour juger le monde, mais pour sauver le monde.

48. Celui qui me rejette et qui ne reçoit pas mes paroles a son juge ; la parole que j'ai annoncée, c'est elle qui le jugera au dernier jour.

49. Car je n'ai point parlé de moi-même ; mais le Père, qui m'a envoyé, m'a prescrit lui-même ce que je dois dire et annoncer.

50. Et je sais que son commandement est la vie éternelle. C'est pourquoi les choses que je dis, je les dis comme le Père me les a dites.

Jean 13

1. Avant la fête de Pâque, Jésus, sachant que son heure était venue de passer de ce monde au Père, et ayant aimé les siens qui étaient dans le monde, mit le comble à son amour pour eux.

2. Pendant le souper, lorsque le diable avait déjà inspiré au coeur de Judas Iscariot, fils de Simon, le dessein de le livrer,

3. Jésus, qui savait que le Père avait remis toutes choses entre ses mains, qu'il était venu de Dieu, et qu'il s'en allait à Dieu,

4. se leva de table, ôta ses vêtements, et prit un linge, dont il se ceignit.

5. Ensuite il versa de l'eau dans un bassin, et il se mit à laver les pieds des disciples, et à les essuyer avec le linge dont il était ceint.

6. Il vint donc à Simon Pierre ; et Pierre lui dit : Toi, Seigneur, tu me laves les pieds !

7. Jésus lui répondit : Ce que je fais, tu ne le comprends pas maintenant, mais tu le comprendras bientôt.

8. Pierre lui dit : Non, jamais tu ne me laveras les pieds. Jésus lui répondit : Si je ne te lave, tu n'auras point de part avec moi.

9. Simon Pierre lui dit : Seigneur, non seulement les pieds, mais encore les mains et la tête.

10. Jésus lui dit : Celui qui est lavé n'a besoin que de se laver les pieds pour être entièrement pur ; et vous êtes purs, mais non pas tous.

11. Car il connaissait celui qui le livrait ; c'est pourquoi il dit : Vous n'êtes pas tous purs.

12. Après qu'il leur eut lavé les pieds, et qu'il eut pris ses vêtements, il se remit à table, et leur dit : Comprenez-vous ce que je vous ai

fait ?

13. Vous m'appelez Maître et Seigneur ; et vous dites bien, car je le suis.

14. Si donc je vous ai lavé les pieds, moi, le Seigneur et le Maître, vous devez aussi vous laver les pieds les uns aux autres ;

15. car je vous ai donné un exemple, afin que vous fassiez comme je vous ai fait.

16. En vérité, en vérité, je vous le dis, le serviteur n'est pas plus grand que son seigneur, ni l'apôtre plus grand que celui qui l'a envoyé.

17. Si vous savez ces choses, vous êtes heureux, pourvu que vous les pratiquiez.

18. Ce n'est pas de vous tous que je parle ; je connais ceux que j'ai choisis. Mais il faut que l'Écriture s'accomplisse : Celui qui mange avec moi le pain A levé son talon contre moi.

19. Dès à présent je vous le dis, avant que la chose arrive, afin que, lorsqu'elle arrivera, vous croyiez à ce que je suis.

20. En vérité, en vérité, je vous le dis, celui qui reçoit celui que j'aurai envoyé me reçoit, et celui qui me reçoit, reçoit celui qui m'a envoyé.

21. Ayant ainsi parlé, Jésus fut troublé en son esprit, et il dit expressément : En vérité, en vérité, je vous le dis, l'un de vous me livrera.

22. Les disciples se regardaient les uns les autres, ne sachant de qui il parlait.

23. Un des disciples, celui que Jésus aimait, était couché sur le sein de Jésus.

24. Simon Pierre lui fit signe de demander qui était celui dont parlait Jésus.

25. Et ce disciple, s'étant penché sur la poitrine de Jésus, lui dit : Seigneur, qui est-ce ?

26. Jésus répondit : C'est celui à qui je donnerai le morceau trempé. Et, ayant trempé le morceau, il le donna à Judas, fils de Simon, l'Iscariot.

27. Dès que le morceau fut donné, Satan entra dans Judas. Jésus lui

dit : Ce que tu fais, fais-le promptement.

28. Mais aucun de ceux qui étaient à table ne comprit pourquoi il lui disait cela ;

29. car quelques-uns pensaient que, comme Judas avait la bourse, Jésus voulait lui dire : Achète ce dont nous avons besoin pour la fête, ou qu'il lui commandait de donner quelque chose aux pauvres.

30. Judas, ayant pris le morceau, se hâta de sortir. Il était nuit.

31. Lorsque Judas fut sorti, Jésus dit : Maintenant, le Fils de l'homme a été glorifié, et Dieu a été glorifié en lui.

32. Si Dieu a été glorifié en lui, Dieu aussi le glorifiera en lui-même, et il le glorifiera bientôt.

33. Mes petits enfants, je suis pour peu de temps encore avec vous. Vous me chercherez ; et, comme j'ai dit aux Juifs : Vous ne pouvez venir où je vais, je vous le dis aussi maintenant.

34. Je vous donne un commandement nouveau : Aimez-vous les uns les autres ; comme je vous ai aimés, vous aussi, aimez-vous les uns les autres.

35. A ceci tous connaîtront que vous êtes mes disciples, si vous avez de l'amour les uns pour les autres.

36. Simon Pierre lui dit : Seigneur, où vas-tu ? Jésus répondit : Tu ne peux pas maintenant me suivre où je vais, mais tu me suivras plus tard.

37. Seigneur, lui dit Pierre, pourquoi ne puis-je pas te suivre maintenant ? Je donnerai ma vie pour toi.

38. Jésus répondit : Tu donneras ta vie pour moi ! En vérité, en vérité, je te le dis, le coq ne chantera pas que tu ne m'aies renié trois fois.

Jean 14

1. Que votre coeur ne se trouble point. Croyez en Dieu, et croyez en moi.

2. Il y a plusieurs demeures dans la maison de mon Père. Si cela n'était pas, je vous l'aurais dit. Je vais vous préparer une place.

3. Et, lorsque je m'en serai allé, et que je vous aurai préparé une place, je reviendrai, et je vous prendrai avec moi, afin que là où je suis vous y soyez aussi.

4. Vous savez où je vais, et vous en savez le chemin.

5. Thomas lui dit : Seigneur, nous ne savons où tu vas ; comment pouvons-nous en savoir le chemin ?

6. Jésus lui dit : Je suis le chemin, la vérité, et la vie. Nul ne vient au Père que par moi.

7. Si vous me connaissiez, vous connaîtriez aussi mon Père. Et dès maintenant vous le connaissez, et vous l'avez vu.

8. Philippe lui dit : Seigneur, montre-nous le Père, et cela nous suffit.

9. Jésus lui dit : Il y a si longtemps que je suis avec vous, et tu ne m'as pas connu, Philippe ! Celui qui m'a vu a vu le Père ; comment dis-tu : Montre-nous le Père ?

10. Ne crois-tu pas que je suis dans le Père, et que le Père est en moi ? Les paroles que je vous dis, je ne les dis pas de moi-même ; et le Père qui demeure en moi, c'est lui qui fait les oeuvres.

11. Croyez-moi, je suis dans le Père, et le Père est en moi ; croyez du moins à cause de ces oeuvres.

12. En vérité, en vérité, je vous le dis, celui qui croit en moi fera aussi les oeuvres que je fais, et il en fera de plus grandes, parce que je m'en vais au Père ;

13. et tout ce que vous demanderez en mon nom, je le ferai, afin que le Père soit glorifié dans le Fils.

14. Si vous demandez quelque chose en mon nom, je le ferai.

15. Si vous m'aimez, gardez mes commandements.

16. Et moi, je prierai le Père, et il vous donnera un autre consolateur, afin qu'il demeure éternellement avec vous,

17. l'Esprit de vérité, que le monde ne peut recevoir, parce qu'il ne le voit point et ne le connaît point ; mais vous, vous le connaissez, car il demeure avec vous, et il sera en vous.

18. Je ne vous laisserai pas orphelins, je viendrai à vous.

19. Encore un peu de temps, et le monde ne me verra plus ; mais vous, vous me verrez, car je vis, et vous vivrez aussi.

20. En ce jour-là, vous connaîtrez que je suis en mon Père, que vous êtes en moi, et que je suis en vous.

21. Celui qui a mes commandements et qui les garde, c'est celui qui m'aime ; et celui qui m'aime sera aimé de mon Père, je l'aimerai, et je me ferai connaître à lui.

22. Jude, non pas l'Iscariot, lui dit : Seigneur, d'où vient que tu te feras connaître à nous, et non au monde ?

23. Jésus lui répondit : Si quelqu'un m'aime, il gardera ma parole, et mon Père l'aimera ; nous viendrons à lui, et nous ferons notre demeure chez lui.

24. Celui qui ne m'aime pas ne garde point mes paroles. Et la parole que vous entendez n'est pas de moi, mais du Père qui m'a envoyé.

25. Je vous ai dit ces choses pendant que je demeure avec vous.

26. Mais le consolateur, l'Esprit Saint, que le Père enverra en mon nom, vous enseignera toutes choses, et vous rappellera tout ce que je vous ai dit.

27. Je vous laisse la paix, je vous donne ma paix. Je ne vous donne pas comme le monde donne. Que votre coeur ne se trouble point, et ne s'alarme point.

28. Vous avez entendu que je vous ai dit : Je m'en vais, et je reviens vers vous. Si vous m'aimiez, vous vous réjouiriez de ce que je vais au Père ; car le Père est plus grand que moi.

29. Et maintenant je vous ai dit ces choses avant qu'elles arrivent, afin que, lorsqu'elles arriveront, vous croyiez.

30. Je ne parlerai plus guère avec vous ; car le prince du monde vient. Il n'a rien en moi ;

31. mais afin que le monde sache que j'aime le Père, et que j'agis selon l'ordre que le Père m'a donné, levez-vous, partons d'ici.

Jean 15

1. Je suis le vrai cep, et mon Père est le vigneron.

2. Tout sarment qui est en moi et qui ne porte pas de fruit, il le retranche ; et tout sarment qui porte du fruit, il l'émonde, afin qu'il porte encore plus de fruit.

3. Déjà vous êtes purs, à cause de la parole que je vous ai annoncée.

4. Demeurez en moi, et je demeurerai en vous. Comme le sarment ne peut de lui-même porter du fruit, s'il ne demeure attaché au cep, ainsi vous ne le pouvez non plus, si vous ne demeurez en moi.

5. Je suis le cep, vous êtes les sarments. Celui qui demeure en moi et en qui je demeure porte beaucoup de fruit, car sans moi vous ne pouvez rien faire.

6. Si quelqu'un ne demeure pas en moi, il est jeté dehors, comme le sarment, et il sèche ; puis on ramasse les sarments, on les jette au feu, et ils brûlent.

7. Si vous demeurez en moi, et que mes paroles demeurent en vous, demandez ce que vous voudrez, et cela vous sera accordé.

8. Si vous portez beaucoup de fruit, c'est ainsi que mon Père sera glorifié, et que vous serez mes disciples.

9. Comme le Père m'a aimé, je vous ai aussi aimés. Demeurez dans mon amour.

10. Si vous gardez mes commandements, vous demeurerez dans mon amour, de même que j'ai gardé les commandements de mon Père, et que je demeure dans son amour.

11. Je vous ai dit ces choses, afin que ma joie soit en vous, et que votre joie soit parfaite.

12. C'est ici mon commandement : Aimez-vous les uns les autres, comme je vous ai aimés.

13. Il n'y a pas de plus grand amour que de donner sa vie pour ses amis.

14. Vous êtes mes amis, si vous faites ce que je vous commande.

15. Je ne vous appelle plus serviteurs, parce que le serviteur ne sait pas ce que fait son maître ; mais je vous ai appelés amis, parce que je vous ai fait connaître tout ce que j'ai appris de mon Père.

16. Ce n'est pas vous qui m'avez choisi ; mais moi, je vous ai choisis, et je vous ai établis, afin que vous alliez, et que vous portiez du fruit, et que votre fruit demeure, afin que ce que vous demanderez au Père en mon nom, il vous le donne.

17. Ce que je vous commande, c'est de vous aimer les uns les autres.

18. Si le monde vous hait, sachez qu'il m'a haï avant vous.

19. Si vous étiez du monde, le monde aimerait ce qui est à lui ; mais parce que vous n'êtes pas du monde, et que je vous ai choisis du milieu du monde, à cause de cela le monde vous hait.

20. Souvenez-vous de la parole que je vous ai dite : Le serviteur n'est pas plus grand que son maître. S'ils m'ont persécuté, ils vous persécuteront aussi ; s'ils ont gardé ma parole, ils garderont aussi la vôtre.

21. Mais ils vous feront toutes ces choses à cause de mon nom, parce qu'ils ne connaissent pas celui qui m'a envoyé.

22. Si je n'étais pas venu et que je ne leur eusses point parlé, ils n'auraient pas de péché ; mais maintenant ils n'ont aucune excuse de leur péché.

23. Celui qui me hait, hait aussi mon Père.

24. Si je n'avais pas fait parmi eux des oeuvres que nul autre n'a faites, ils n'auraient pas de péché ; mais maintenant ils les ont vues, et ils ont haï et moi et mon Père.

25. Mais cela est arrivé afin que s'accomplît la parole qui est écrite dans leur loi : Ils m'ont haï sans cause.

26. Quand sera venu le consolateur, que je vous enverrai de la part du Père, l'Esprit de vérité, qui vient du Père, il rendra témoignage de moi ;

27. et vous aussi, vous rendrez témoignage, parce que vous êtes avec moi dès le commencement.

Jean 16

1. Je vous ai dit ces choses, afin qu'elles ne soient pas pour vous une occasion de chute.

2. Ils vous excluront des synagogues ; et même l'heure vient où quiconque vous fera mourir croira rendre un culte à Dieu.

3. Et ils agiront ainsi, parce qu'ils n'ont connu ni le Père ni moi.

4. Je vous ai dit ces choses, afin que, lorsque l'heure sera venue, vous vous souveniez que je vous les ai dites. Je ne vous en ai pas parlé dès le commencement, parce que j'étais avec vous.

5. Maintenant je m'en vais vers celui qui m'a envoyé, et aucun de vous ne me demande : Où vas-tu ?

6. Mais, parce que je vous ai dit ces choses, la tristesse a rempli votre coeur.

7. Cependant je vous dis la vérité : il vous est avantageux que je m'en aille, car si je ne m'en vais pas, le consolateur ne viendra pas vers vous ; mais, si je m'en vais, je vous l'enverrai.

8. Et quand il sera venu, il convaincra le monde en ce qui concerne le péché, la justice, et le jugement :

9. en ce qui concerne le péché, parce qu'ils ne croient pas en moi ;

10. la justice, parce que je vais au Père, et que vous ne me verrez plus ;

11. le jugement, parce que le prince de ce monde est jugé.

12. J'ai encore beaucoup de choses à vous dire, mais vous ne pouvez pas les porter maintenant.

13. Quand le consolateur sera venu, l'Esprit de vérité, il vous conduira dans toute la vérité ; car il ne parlera pas de lui-même, mais il dira tout ce qu'il aura entendu, et il vous annoncera les choses à

venir.

14. Il me glorifiera, parce qu'il prendra de ce qui est à moi, et vous l'annoncera.

15. Tout ce que le Père a est à moi ; c'est pourquoi j'ai dit qu'il prend de ce qui est à moi, et qu'il vous l'annoncera.

16. Encore un peu de temps, et vous ne me verrez plus ; et puis encore un peu de temps, et vous me verrez, parce que je vais au Père.

17. Là-dessus, quelques-uns de ses disciples dirent entre eux : Que signifie ce qu'il nous dit : Encore un peu de temps, et vous ne me verrez plus ; et puis encore un peu de temps, et vous me verrez ? et : Parce que je vais au Père ?

18. Ils disaient donc : Que signifie ce qu'il dit : Encore un peu de temps ? Nous ne savons de quoi il parle.

19. Jésus, connut qu'ils voulaient l'interroger, leur dit : Vous vous questionnez les uns les autres sur ce que j'ai dit : Encore un peu de temps, et vous ne me verrez plus ; et puis encore un peu de temps, et vous me verrez.

20. En vérité, en vérité, je vous le dis, vous pleurerez et vous vous lamenterez, et le monde se réjouira : vous serez dans la tristesse, mais votre tristesse se changera en joie.

21. La femme, lorsqu'elle enfante, éprouve de la tristesse, parce que son heure est venue ; mais, lorsqu'elle a donné le jour à l'enfant, elle ne se souvient plus de la souffrance, à cause de la joie qu'elle a de ce qu'un homme est né dans le monde.

22. Vous donc aussi, vous êtes maintenant dans la tristesse ; mais je vous reverrai, et votre coeur se réjouira, et nul ne vous ravira votre joie.

23. En ce jour-là, vous ne m'interrogerez plus sur rien. En vérité, en vérité, je vous le dis, ce que vous demanderez au Père, il vous le donnera en mon nom.

24. Jusqu'à présent vous n'avez rien demandé en mon nom. Demandez, et vous recevrez, afin que votre joie soit parfaite.

25. Je vous ai dit ces choses en paraboles. L'heure vient où je ne vous parlerai plus en paraboles, mais où je vous parlerai ouvertement du

Père.

26. En ce jour, vous demanderez en mon nom, et je ne vous dis pas que je prierai le Père pour vous ;

27. car le Père lui-même vous aime, parce que vous m'avez aimé, et que vous avez cru que je suis sorti de Dieu.

28. Je suis sorti du Père, et je suis venu dans le monde ; maintenant je quitte le monde, et je vais au Père.

29. Ses disciples lui dirent : Voici, maintenant tu parles ouvertement, et tu n'emploies aucune parabole.

30. Maintenant nous savons que tu sais toutes choses, et que tu n'as pas besoin que personne t'interroge ; c'est pourquoi nous croyons que tu es sorti de Dieu.

31. Jésus leur répondit : Vous croyez maintenant.

32. Voici, l'heure vient, et elle est déjà venue, où vous serez dispersés chacun de son côté, et où vous me laisserez seul ; mais je ne suis pas seul, car le Père est avec moi.

33. Je vous ai dit ces choses, afin que vous ayez la paix en moi. Vous aurez des tribulations dans le monde ; mais prenez courage, j'ai vaincu le monde.

Jean 17

1. Après avoir ainsi parlé, Jésus leva les yeux au ciel, et dit : Père, l'heure est venue ! Glorifie ton Fils, afin que ton Fils te glorifie,

2. selon que tu lui as donné pouvoir sur toute chair, afin qu'il accorde la vie éternelle à tous ceux que tu lui as donnés.

3. Or, la vie éternelle, c'est qu'ils te connaissent, toi, le seul vrai Dieu, et celui que tu as envoyé, Jésus Christ.

4. Je t'ai glorifié sur la terre, j'ai achevé l'oeuvre que tu m'as donnée à faire.

5. Et maintenant toi, Père, glorifie-moi auprès de toi-même de la gloire que j'avais auprès de toi avant que le monde fût.

6. J'ai fait connaître ton nom aux hommes que tu m'as donnés du milieu du monde. Ils étaient à toi, et tu me les as donnés ; et ils ont gardé ta parole.

7. Maintenant ils ont connu que tout ce que tu m'as donné vient de toi.

8. Car je leur ai donné les paroles que tu m'as données ; et ils les ont reçues, et ils ont vraiment connu que je suis sorti de toi, et ils ont cru que tu m'as envoyé.

9. C'est pour eux que je prie. Je ne prie pas pour le monde, mais pour ceux que tu m'as donnés, parce qu'ils sont à toi ; -

10. et tout ce qui est à moi est à toi, et ce qui est à toi est à moi ; -et je suis glorifié en eux.

11. Je ne suis plus dans le monde, et ils sont dans le monde, et je vais à toi. Père saint, garde en ton nom ceux que tu m'as donnés, afin qu'ils soient un comme nous.

12. Lorsque j'étais avec eux dans le monde, je les gardais en ton nom. J'ai gardé ceux que tu m'as donnés, et aucun d'eux ne s'est perdu, sinon le fils de perdition, afin que l'Écriture fût accomplie.

13. Et maintenant je vais à toi, et je dis ces choses dans le monde, afin qu'ils aient en eux ma joie parfaite.

14. Je leur ai donné ta parole ; et le monde les a haïs, parce qu'ils ne sont pas du monde, comme moi je ne suis pas du monde.

15. Je ne te prie pas de les ôter du monde, mais de les préserver du mal.

16. Ils ne sont pas du monde, comme moi je ne suis pas du monde.

17. Sanctifie-les par ta vérité : ta parole est la vérité.

18. Comme tu m'as envoyé dans le monde, je les ai aussi envoyés dans le monde.

19. Et je me sanctifie moi-même pour eux, afin qu'eux aussi soient sanctifiés par la vérité.

20. Ce n'est pas pour eux seulement que je prie, mais encore pour ceux qui croiront en moi par leur parole,

21. afin que tous soient un, comme toi, Père, tu es en moi, et comme je suis en toi, afin qu'eux aussi soient un en nous, pour que le monde croie que tu m'as envoyé.

22. Je leur ai donné la gloire que tu m'as donnée, afin qu'ils soient un comme nous sommes un, -

23. moi en eux, et toi en moi, -afin qu'ils soient parfaitement un, et que le monde connaisse que tu m'as envoyé et que tu les as aimés comme tu m'as aimé.

24. Père, je veux que là où je suis ceux que tu m'as donnés soient aussi avec moi, afin qu'ils voient ma gloire, la gloire que tu m'as donnée, parce que tu m'as aimé avant la fondation du monde.

25. Père juste, le monde ne t'a point connu ; mais moi je t'ai connu, et ceux-ci ont connu que tu m'as envoyé.

26. Je leur ai fait connaître ton nom, et je le leur ferai connaître, afin que l'amour dont tu m'as aimé soit en eux, et que je sois en eux.

Jean 18

1. Lorsqu'il eut dit ces choses, Jésus alla avec ses disciples de l'autre côté du torrent du Cédron, où se trouvait un jardin, dans lequel il entra, lui et ses disciples.

2. Judas, qui le livrait, connaissait ce lieu, parce que Jésus et ses disciples s'y étaient souvent réunis.

3. Judas donc, ayant pris la cohorte, et des huissiers qu'envoyèrent les principaux sacrificateurs et les pharisiens, vint là avec des lanternes, des flambeaux et des armes.

4. Jésus, sachant tout ce qui devait lui arriver, s'avança, et leur dit : Qui cherchez-vous ?

5. Ils lui répondirent : Jésus de Nazareth. Jésus leur dit : C'est moi. Et Judas, qui le livrait, était avec eux.

6. Lorsque Jésus leur eut dit : C'est moi, ils reculèrent et tombèrent par terre.

7. Il leur demanda de nouveau : Qui cherchez-vous ? Et ils dirent : Jésus de Nazareth.

8. Jésus répondit : Je vous ai dit que c'est moi. Si donc c'est moi que vous cherchez, laissez aller ceux-ci.

9. Il dit cela, afin que s'accomplît la parole qu'il avait dite : Je n'ai perdu aucun de ceux que tu m'as donnés.

10. Simon Pierre, qui avait une épée, la tira, frappa le serviteur du souverain sacrificateur, et lui coupa l'oreille droite. Ce serviteur s'appelait Malchus.

11. Jésus dit à Pierre : Remets ton épée dans le fourreau. Ne boirai-je pas la coupe que le Père m'a donnée à boire ?

12. La cohorte, le tribun, et les huissiers des Juifs, se saisirent alors

de Jésus, et le lièrent.

13. Ils l'emmenèrent d'abord chez Anne ; car il était le beau-père de Caïphe, qui était souverain sacrificateur cette année-là.
14. Et Caïphe était celui qui avait donné ce conseil aux Juifs : Il est avantageux qu'un seul homme meure pour le peuple.
15. Simon Pierre, avec un autre disciple, suivait Jésus. Ce disciple était connu du souverain sacrificateur, et il entra avec Jésus dans la cour du souverain sacrificateur ;
16. mais Pierre resta dehors près de la porte. L'autre disciple, qui était connu du souverain sacrificateur, sortit, parla à la portière, et fit entrer Pierre.
17. Alors la servante, la portière, dit à Pierre : Toi aussi, n'es-tu pas des disciples de cet homme ? Il dit : Je n'en suis point.
18. Les serviteurs et les huissiers, qui étaient là, avaient allumé un brasier, car il faisait froid, et ils se chauffaient. Pierre se tenait avec eux, et se chauffait.
19. Le souverain sacrificateur interrogea Jésus sur ses disciples et sur sa doctrine.
20. Jésus lui répondit : J'ai parlé ouvertement au monde ; j'ai toujours enseigné dans la synagogue et dans le temple, où tous les Juifs s'assemblent, et je n'ai rien dit en secret.
21. Pourquoi m'interroges-tu ? Interroge sur ce que je leur ai dit ceux qui m'ont entendu ; voici, ceux-là savent ce que j'ai dit.
22. A ces mots, un des huissiers, qui se trouvait là, donna un soufflet à Jésus, en disant : Est-ce ainsi que tu réponds au souverain sacrificateur ?

23. Jésus lui dit : Si j'ai mal parlé, fais voir ce que j'ai dit de mal ; et si j'ai bien parlé, pourquoi me frappes-tu ?
24. Anne l'envoya lié à Caïphe, le souverain sacrificateur.
25. Simon Pierre était là, et se chauffait. On lui dit : Toi aussi, n'es-tu pas de ses disciples ? Il le nia, et dit : Je n'en suis point.
26. Un des serviteurs du souverain sacrificateur, parent de celui à qui Pierre avait coupé l'oreille, dit : Ne t'ai-je pas vu avec lui dans le jardin ?

27. Pierre le nia de nouveau. Et aussitôt le coq chanta.

28. Ils conduisirent Jésus de chez Caïphe au prétoire : c'était le matin. Ils n'entrèrent point eux-mêmes dans le prétoire, afin de ne pas se souiller, et de pouvoir manger la Pâque.

29. Pilate sortit donc pour aller à eux, et il dit : Quelle accusation portez-vous contre cet homme ?

30. Ils lui répondirent : Si ce n'était pas un malfaiteur, nous ne te l'aurions pas livré.

31. Sur quoi Pilate leur dit : Prenez-le vous-mêmes, et jugez-le selon votre loi. Les Juifs lui dirent : Il ne nous est pas permis de mettre personne à mort.

32. C'était afin que s'accomplît la parole que Jésus avait dite, lorsqu'il indiqua de quelle mort il devait mourir.

33. Pilate rentra dans le prétoire, appela Jésus, et lui dit : Es-tu le roi des Juifs ?

34. Jésus répondit : Est-ce de toi-même que tu dis cela, ou d'autres te l'ont-ils dit de moi ?

35. Pilate répondit : Moi, suis-je Juif ? Ta nation et les principaux sacrificateurs t'ont livré à moi : qu'as-tu fait ?

36. Mon royaume n'est pas de ce monde, répondit Jésus. Si mon royaume était de ce monde, mes serviteurs auraient combattu pour moi afin que je ne fusse pas livré aux Juifs ; mais maintenant mon royaume n'est point d'ici-bas.

37. Pilate lui dit : Tu es donc roi ? Jésus répondit : Tu le dis, je suis roi. Je suis né et je suis venu dans le monde pour rendre témoignage à la vérité. Quiconque est de la vérité écoute ma voix.

38. Pilate lui dit : Qu'est-ce que la vérité ? Après avoir dit cela, il sortit de nouveau pour aller vers les Juifs, et il leur dit : Je ne trouve aucun crime en lui.

39. Mais, comme c'est parmi vous une coutume que je vous relâche quelqu'un à la fête de Pâque, voulez-vous que je vous relâche le roi des Juifs ?

40. Alors de nouveau tous s'écrièrent : Non pas lui, mais Barabbas. Or, Barabbas était un brigand.

Jean 19

1. Alors Pilate prit Jésus, et le fit battre de verges.

2. Les soldats tressèrent une couronne d'épines qu'ils posèrent sur sa tête, et ils le revêtirent d'un manteau de pourpre ; puis, s'approchant de lui,

3. ils disaient : Salut, roi des Juifs ! Et ils lui donnaient des soufflets.

4. Pilate sortit de nouveau, et dit aux Juifs : Voici, je vous l'amène dehors, afin que vous sachiez que je ne trouve en lui aucun crime.

5. Jésus sortit donc, portant la couronne d'épines et le manteau de pourpre. Et Pilate leur dit : Voici l'homme.

6. Lorsque les principaux sacrificateurs et les huissiers le virent, ils s'écrièrent : Crucifie ! crucifie ! Pilate leur dit : Prenez-le vous-mêmes, et crucifiez-le ; car moi, je ne trouve point de crime en lui.

7. Les Juifs lui répondirent : Nous avons une loi ; et, selon notre loi, il doit mourir, parce qu'il s'est fait Fils de Dieu.

8. Quand Pilate entendit cette parole, sa frayeur augmenta.

9. Il rentra dans le prétoire, et il dit à Jésus : D'où es-tu ? Mais Jésus ne lui donna point de réponse.

10. Pilate lui dit : Est-ce à moi que tu ne parles pas ? Ne sais-tu pas que j'ai le pouvoir de te crucifier, et que j'ai le pouvoir de te relâcher ?

11. Jésus répondit : Tu n'aurais sur moi aucun pouvoir, s'il ne t'avait été donné d'en haut. C'est pourquoi celui qui me livre à toi commet un plus grand péché.

12. Dès ce moment, Pilate cherchait à le relâcher. Mais les Juifs criaient : Si tu le relâches, tu n'es pas ami de César. Quiconque se fait roi se déclare contre César.

13. Pilate, ayant entendu ces paroles, amena Jésus dehors ; et il s'assit sur le tribunal, au lieu appelé le Pavé, et en hébreu Gabbatha.

14. C'était la préparation de la Pâque, et environ la sixième heure. Pilate dit aux Juifs : Voici votre roi.

15. Mais ils s'écrièrent : Ote, ôte, crucifie-le ! Pilate leur dit : Crucifierai-je votre roi ? Les principaux sacrificateurs répondirent : Nous n'avons de roi que César.

16. Alors il le leur livra pour être crucifié. Ils prirent donc Jésus, et l'emmenèrent.

17. Jésus, portant sa croix, arriva au lieu du crâne, qui se nomme en hébreu Golgotha.

18. C'est là qu'il fut crucifié, et deux autres avec lui, un de chaque côté, et Jésus au milieu.

19. Pilate fit une inscription, qu'il plaça sur la croix, et qui était ainsi conçue : Jésus de Nazareth, roi des Juifs.

20. Beaucoup de Juifs lurent cette inscription, parce que le lieu où Jésus fut crucifié était près de la ville : elle était en hébreu, en grec et en latin.

21. Les principaux sacrificateurs des Juifs dirent à Pilate : N'écris pas : Roi des Juifs. Mais écris qu'il a dit : Je suis roi des Juifs.

22. Pilate répondit : Ce que j'ai écrit, je l'ai écrit.

23. Les soldats, après avoir crucifié Jésus, prirent ses vêtements, et ils en firent quatre parts, une part pour chaque soldat. Ils prirent aussi sa tunique, qui était sans couture, d'un seul tissu depuis le haut jusqu'en bas. Et ils dirent entre eux :

24. Ne la déchirons pas, mais tirons au sort à qui elle sera. Cela arriva afin que s'accomplît cette parole de l'Écriture : Ils se sont partagé mes vêtements, Et ils ont tiré au sort ma tunique. Voilà ce que firent les soldats.

25. Près de la croix de Jésus se tenaient sa mère et la soeur de sa mère, Marie, femme de Clopas, et Marie de Magdala.

26. Jésus, voyant sa mère, et auprès d'elle le disciple qu'il aimait, dit à sa mère : Femme, voilà ton fils.

27. Puis il dit au disciple : Voilà ta mère. Et, dès ce moment, le

disciple la prit chez lui.

28. Après cela, Jésus, qui savait que tout était déjà consommé, dit, afin que l'Écriture fût accomplie : J'ai soif.

29. Il y avait là un vase plein de vinaigre. Les soldats en remplirent une éponge, et, l'ayant fixée à une branche d'hysope, ils l'approchèrent de sa bouche.

30. Quand Jésus eut pris le vinaigre, il dit : Tout est accompli. Et, baissant la tête, il rendit l'esprit.

31. Dans la crainte que les corps ne restassent sur la croix pendant le sabbat, -car c'était la préparation, et ce jour de sabbat était un grand jour, -les Juifs demandèrent à Pilate qu'on rompît les jambes aux crucifiés, et qu'on les enlevât.

32. Les soldats vinrent donc, et ils rompirent les jambes au premier, puis à l'autre qui avait été crucifié avec lui.

33. S'étant approchés de Jésus, et le voyant déjà mort, ils ne lui rompirent pas les jambes ;

34. mais un des soldats lui perça le côté avec une lance, et aussitôt il sortit du sang et de l'eau.

35. Celui qui l'a vu en a rendu témoignage, et son témoignage est vrai ; et il sait qu'il dit vrai, afin que vous croyiez aussi.

36. Ces choses sont arrivées, afin que l'Écriture fût accomplie : Aucun de ses os ne sera brisé.

37. Et ailleurs l'Écriture dit encore : Ils verront celui qu'ils ont percé.

38. Après cela, Joseph d'Arimathée, qui était disciple de Jésus, mais en secret par crainte des Juifs, demanda à Pilate la permission de prendre le corps de Jésus. Et Pilate le permit. Il vint donc, et prit le corps de Jésus.

39. Nicodème, qui auparavant était allé de nuit vers Jésus, vint aussi, apportant un mélange d'environ cent livres de myrrhe et d'aloès.

40. Ils prirent donc le corps de Jésus, et l'enveloppèrent de bandes, avec les aromates, comme c'est la coutume d'ensevelir chez les Juifs.

41. Or, il y avait un jardin dans le lieu où Jésus avait été crucifié, et dans le jardin un sépulcre neuf, où personne encore n'avait été mis.

42. Ce fut là qu'ils déposèrent Jésus, à cause de la préparation des Juifs, parce que le sépulcre était proche.

Jean 20

1. Le premier jour de la semaine, Marie de Magdala se rendit au sépulcre dès le matin, comme il faisait encore obscur ; et elle vit que la pierre était ôtée du sépulcre.

2. Elle courut vers Simon Pierre et vers l'autre disciple que Jésus aimait, et leur dit : Ils ont enlevé du sépulcre le Seigneur, et nous ne savons où ils l'ont mis.

3. Pierre et l'autre disciple sortirent, et allèrent au sépulcre.

4. Ils couraient tous deux ensemble. Mais l'autre disciple courut plus vite que Pierre, et arriva le premier au sépulcre ;

5. s'étant baissé, il vit les bandes qui étaient à terre, cependant il n'entra pas.

6. Simon Pierre, qui le suivait, arriva et entra dans le sépulcre ; il vit les bandes qui étaient à terre,

7. et le linge qu'on avait mis sur la tête de Jésus, non pas avec les bandes, mais plié dans un lieu à part.

8. Alors l'autre disciple, qui était arrivé le premier au sépulcre, entra aussi ; et il vit, et il crut.

9. Car ils ne comprenaient pas encore que, selon l'Écriture, Jésus devait ressusciter des morts.

10. Et les disciples s'en retournèrent chez eux.

11. Cependant Marie se tenait dehors près du sépulcre, et pleurait. Comme elle pleurait, elle se baissa pour regarder dans le sépulcre ;

12. et elle vit deux anges vêtus de blanc, assis à la place où avait été couché le corps de Jésus, l'un à la tête, l'autre aux pieds.

13. Ils lui dirent : Femme, pourquoi pleures-tu ? Elle leur répondit : Parce qu'ils ont enlevé mon Seigneur, et je ne sais où ils l'ont mis.

14. En disant cela, elle se retourna, et elle vit Jésus debout ; mais elle ne savait pas que c'était Jésus.

15. Jésus lui dit : Femme, pourquoi pleures-tu ? Qui cherches-tu ? Elle, pensant que c'était le jardinier, lui dit : Seigneur, si c'est toi qui l'as emporté, dis-moi où tu l'as mis, et je le prendrai.

16. Jésus lui dit : Marie ! Elle se retourna, et lui dit en hébreu : Rabbouni ! c'est-à-dire, Maître !

17. Jésus lui dit : Ne me touche pas ; car je ne suis pas encore monté vers mon Père. Mais va trouver mes frères, et dis-leur que je monte vers mon Père et votre Père, vers mon Dieu et votre Dieu.

18. Marie de Magdala alla annoncer aux disciples qu'elle avait vu le Seigneur, et qu'il lui avait dit ces choses.

19. Le soir de ce jour, qui était le premier de la semaine, les portes du lieu où se trouvaient les disciples étant fermées, à cause de la crainte qu'ils avaient des Juifs, Jésus vint, se présenta au milieu d'eux, et leur dit : La paix soit avec vous !

20. Et quand il eut dit cela, il leur montra ses mains et son côté. Les disciples furent dans la joie en voyant le Seigneur.

21. Jésus leur dit de nouveau : La paix soit avec vous ! Comme le Père m'a envoyé, moi aussi je vous envoie.

22. Après ces paroles, il souffla sur eux, et leur dit : Recevez le Saint Esprit.

23. Ceux à qui vous pardonnerez les péchés, ils leur seront pardonnés ; et ceux à qui vous les retiendrez, ils leur seront retenus.

24. Thomas, appelé Didyme, l'un des douze, n'était pas avec eux lorsque Jésus vint.

25. Les autres disciples lui dirent donc : Nous avons vu le Seigneur. Mais il leur dit : Si je ne vois dans ses mains la marque des clous, et si je ne mets mon doigt dans la marque des clous, et si je ne mets ma main dans son côté, je ne croirai point.

26. Huit jours après, les disciples de Jésus étaient de nouveau dans la maison, et Thomas se trouvait avec eux. Jésus vint, les portes étant fermées, se présenta au milieu d'eux, et dit : La paix soit avec vous !

27. Puis il dit à Thomas : Avance ici ton doigt, et regarde mes mains ;

avance aussi ta main, et mets-la dans mon côté ; et ne sois pas incrédule, mais crois.

28. Thomas lui répondit : Mon Seigneur et mon Dieu ! Jésus lui dit :

29. Parce que tu m'as vu, tu as cru. Heureux ceux qui n'ont pas vu, et qui ont cru !

30. Jésus a fait encore, en présence de ses disciples, beaucoup d'autres miracles, qui ne sont pas écrits dans ce livre.

31. Mais ces choses ont été écrites afin que vous croyiez que Jésus est le Christ, le Fils de Dieu, et qu'en croyant vous ayez la vie en son nom.

Jean 21

1. Après cela, Jésus se montra encore aux disciples, sur les bords de la mer de Tibériade. Et voici de quelle manière il se montra.

2. Simon Pierre, Thomas, appelé Didyme, Nathanaël, de Cana en Galilée, les fils de Zébédée, et deux autres disciples de Jésus, étaient ensemble.

3. Simon Pierre leur dit : Je vais pêcher. Ils lui dirent : Nous allons aussi avec toi. Ils sortirent et montèrent dans une barque, et cette nuit-là ils ne prirent rien.

4. Le matin étant venu, Jésus se trouva sur le rivage ; mais les disciples ne savaient pas que c'était Jésus.

5. Jésus leur dit : Enfants, n'avez-vous rien à manger ? Ils lui répondirent : Non.

6. Il leur dit : Jetez le filet du côté droit de la barque, et vous trouverez. Ils le jetèrent donc, et ils ne pouvaient plus le retirer, à cause de la grande quantité de poissons.

7. Alors le disciple que Jésus aimait dit à Pierre : C'est le Seigneur ! Et Simon Pierre, dès qu'il eut entendu que c'était le Seigneur, mit son vêtement et sa ceinture, car il était nu, et se jeta dans la mer.

8. Les autres disciples vinrent avec la barque, tirant le filet plein de poissons, car ils n'étaient éloignés de terre que d'environ deux cents coudées.

9. Lorsqu'ils furent descendus à terre, ils virent là des charbons allumés, du poisson dessus, et du pain.

10. Jésus leur dit : Apportez des poissons que vous venez de prendre.

11. Simon Pierre monta dans la barque, et tira à terre le filet plein de

cent cinquante-trois grands poissons ; et quoiqu'il y en eût tant, le filet ne se rompit point.

12. Jésus leur dit : Venez, mangez. Et aucun des disciples n'osait lui demander : Qui es-tu ? sachant que c'était le Seigneur.

13. Jésus s'approcha, prit le pain, et leur en donna ; il fit de même du poisson.

14. C'était déjà la troisième fois que Jésus se montrait à ses disciples depuis qu'il était ressuscité des morts.

15. Après qu'ils eurent mangé, Jésus dit à Simon Pierre : Simon, fils de Jonas, m'aimes-tu plus que ne m'aiment ceux-ci ? Il lui répondit : Oui, Seigneur, tu sais que je t'aime. Jésus lui dit : Pais mes agneaux.

16. Il lui dit une seconde fois : Simon, fils de Jonas, m'aimes-tu ? Pierre lui répondit : Oui, Seigneur, tu sais que je t'aime. Jésus lui dit : Pais mes brebis.

17. Il lui dit pour la troisième fois : Simon, fils de Jonas, m'aimes-tu ? Pierre fut attristé de ce qu'il lui avait dit pour la troisième fois : M'aimes-tu ? Et il lui répondit : Seigneur, tu sais toutes choses, tu sais que je t'aime. Jésus lui dit : Pais mes brebis.

18. En vérité, en vérité, je te le dis, quand tu étais plus jeune, tu te ceignais toi-même, et tu allais où tu voulais ; mais quand tu seras vieux, tu étendras tes mains, et un autre te ceindra, et te mènera où tu ne voudras pas.

19. Il dit cela pour indiquer par quelle mort Pierre glorifierait Dieu. Et ayant ainsi parlé, il lui dit : Suis-moi.

20. Pierre, s'étant retourné, vit venir après eux le disciple que Jésus aimait, celui qui, pendant le souper, s'était penché sur la poitrine de Jésus, et avait dit : Seigneur, qui est celui qui te livre ?

21. En le voyant, Pierre dit à Jésus : Et celui-ci, Seigneur, que lui arrivera-t-il ?

22. Jésus lui dit : Si je veux qu'il demeure jusqu'à ce que je vienne, que t'importe ? Toi, suis-moi.

23. Là-dessus, le bruit courut parmi les frères que ce disciple ne mourrait point. Cependant Jésus n'avait pas dit à Pierre qu'il ne mourrait point ; mais : Si je veux qu'il demeure jusqu'à ce que je vienne, que t'importe ?

24. C'est ce disciple qui rend témoignage de ces choses, et qui les a écrites. Et nous savons que son témoignage est vrai.

25. Jésus a fait encore beaucoup d'autres choses ; si on les écrivait en détail, je ne pense pas que le monde même pût contenir les livres qu'on écrirait.